로크미디어가
유혹하는
재미있는 세상

ROK
MEDIA
로크미디어

Taming Master
테이밍마스터

테이밍 마스터 14

2017년 4월 7일 초판 1쇄 인쇄
2017년 4월 12일 초판 1쇄 발행

지은이 박태석
발행인 이종주

기획 팀 이기헌 송윤성 왕소현
책임 편집 최이슬

발행처 (주)로크미디어
출판등록 2003년 3월 24일
주소 서울시 마포구 성암로 330 DMC첨단산업센터 3층 314호
Tel (02)3273-5135 **Fax** (02)3273-5134
홈페이지 rokmedia.com **E-mail** rokmedia@empas.com

ⓒ 박태석, 2016

값 8,000원

ISBN 979-11-6048-767-1 (14권)
ISBN 979-11-5960-986-2 04810 (세트)

이 책의 모든 내용에 대한 편집권은 저자와의 계약에 의해
(주)로크미디어에 있으므로 무단 복제, 수정, 배포 행위를 금합니다.

작가와의 협의에 의해 인지는 생략합니다.
잘못된 책은 구입처에서 바꾸어 드립니다.

Taming Master

14

|박태석 게임 판타지 장편소설 |

테이밍마스터

ROK
MEDIA

로크미디어

CONTENTS

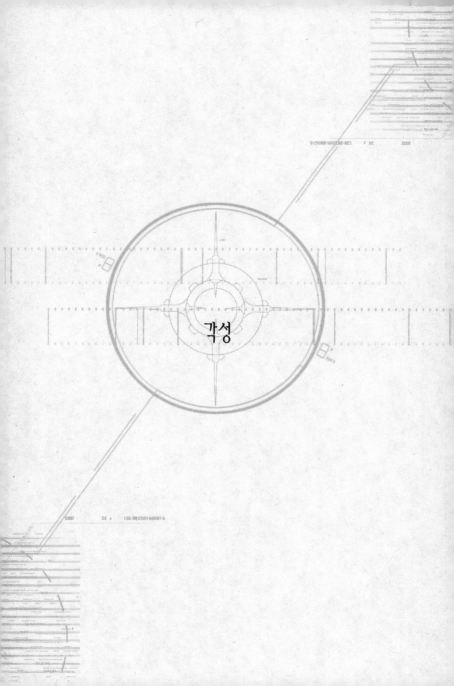

각성

Taming
Master

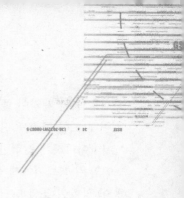

마왕들은 마치 약속이라도 한 듯 곧장 뿍뿍이를 향해 달려 들었다.

대장군 '백휘수'를 상대할 때에도 여유롭기 그지없었던 마왕들의 표정은, 거대한 한 마리의 드래곤 앞에 한껏 굳어 버리고 말았다.

─소멸하라!

하르세인이 노호성을 터뜨리며 엄청난 양의 마기를 쏘아내었고, 다른 마왕들도 각기 가진 바 절기絶技를 펼치기 시작했다.

하지만 이안은 아직까지도 이 상황에 아무런 관여를 할 수 없었다.

AI로 인한 제약이 풀리지 않은 것이다.

'이것 또한 퀘스트 진행의 일부라는 건가?'

어마어마하게 강력한 힘을 가진 여섯 마왕의 합공.

이안은 뿍뿍이에게 뭔가 조금이라도 도움을 주고 싶었기에 이 상황이 조금 답답했다.

하지만 아이러니하게도 한편으로는 마음이 편할 수밖에 없었다.

이렇게 AI가 모든 것을 조종하게 되면 부담감이 사라지기 때문이었다.

'그래, 뭐 어떻게 진행되는지나 보자.'

이안은 관전자의 마음으로 전투에 다시 집중했고, 어비스 드래곤이 된 뿍뿍이는 마왕들과 혈투를 벌이기 시작했다.

"심연의 힘이…… 깨어난 것인가?"

흑발을 허리까지 늘어뜨린 한 사내.

그는 하나도 제대로 가누기 힘들 법한 거대한 대검을 두 개나 등에 교차시켜 메었고, 금테로 마무리된 무광의 묵빛 갑주를 온몸에 두르고 있었다.

남자의 왼쪽 눈 밑의 광대에는 기다란 흉터가 있었는데, 그는 그것만 아니라면 절세의 미남자라 해도 좋을 만큼 완벽한 외모였다.

"후후⋯⋯."

남자는 실소를 흘리며 천천히 자리에서 일어났다.

그리고 양손을 들어 등에 교차돼 메어져 있던 두 자루의 대검을 뽑아들었다.

스르릉−!

날카로운 쇳소리가 적막 속에 울려 퍼졌다.

남자는 양손에 든 대검을 바닥에 닿기 직전까지 늘어뜨린 채, 걸음을 옮기기 시작했다.

저벅저벅.

그가 낮은 목소리로 중얼거렸다.

"오랜만에 나의 아이들을 만날 수 있겠군."

남자의 입가에 옅은 미소가 걸렸다.

그리고 잠시 후⋯⋯.

스르륵−.

얇은 천이 흘러내리는 듯한 가벼운 소리와 함께, 그의 신형이 오간 데 없이 허공에서 사라져 버렸다.

남자의 이름은 '마레스'였다.

레미르는 편한 마음으로 심연의 드래곤과 마왕들의 전투

를 관전하고 있었다.

어차피 AI가 온몸을 지배하고 있기에 할 수 있는 일이 없기 때문이었다.

스토리 진행으로 인한 컨트롤 불능 상태에 빠진 것은 이안뿐만이 아니었던 것이었다.

지금 전장에 있는 모든 유저는 단 한 명도 예외 없이 AI의 컨트롤에 지배받는 상황이었다.

'전쟁을 종결시킬 수 있는 퀘스트를 하는 중이라더니, 역시 허언이 아니었어.'

레미르는 인간계 진영의 가장 선두에 서 있는 이안을 응시했다.

'그러고 보면 정말 이번 차원 전쟁만큼은 이안 님이 혼자 다 캐리한 거네.'

이런 대규모의 콘텐츠를 혼자 주물럭거리다시피 한 이안이었다.

레미르 또한 이 대형 스토리의 핵심 퀘스트에 어느 정도 발을 걸치고 있었기 때문에, 누구보다 이안의 대단함을 잘 알고 있었다.

'태양신의 퀘스트를 내가 먼저 완성했다면, 오늘의 주인공은 내가 될 수 있었을까?'

이런저런 망상을 해 보는 레미르였다.

그런데 그때, 레미르의 눈앞에 돌연 시스템 메시지가 떠올랐다.

띠링-!

-특정 이벤트 발동으로 인해, 태양신의 권능Ⅱ 퀘스트가 소멸됩니다.

-태양신의 권능Ⅱ 퀘스트에 실패하셨습니다.

-명성이 10만 만큼 감소합니다.

-신룡 '라노헬'과의 친밀도가 1포인트만큼 하락합니다.

그것을 본 레미르가 피식 웃었다.

'쳇, 역시 스토리 상, 더 이상 진행될 수는 없는 퀘스트였어. 이렇게 되면 배가 좀 아프긴 하지만…….'

이안의 뒷모습을 보며, 레미르의 입꼬리가 슬쩍 말려 올라갔다.

'그래도 전쟁에서 승리하기만 한다면 이 정도 손해쯤은 아무것도 아니지.'

그런데 다음 순간, 레미르의 눈앞에 또다시 시스템 메시지가 떠오르기 시작했다.

띠링-.

-조건을 충족하여 새로운 퀘스트가 발동됩니다.

-'태양신의 현신' 퀘스트가 발동됩니다.

-거부할 수 없는 퀘스트입니다.

'어, 어어?'

레미르는 당황했다.

하지만 그녀가 당황한 것과는 별개로, 그녀의 눈앞에 새로운 퀘스트 창이 떠올랐다.

태양신의 현신 I (히든)(연계)

태양의 신 헬레나.

그녀의 권능이 인세에 현신하기 위해서는, 태양의 보석을 비롯해 몇 가지 신물이 필요하다.

하지만 단 하나의 조건이 충족된다면, 그 모든 절차를 전부 생략할 수 있다.

그것은 바로, 차원의 중재자인 어비스 드래곤의 각성.

그리고 바로 지금, 어비스 드래곤이 깨어나며 그 조건이 충족되었다.

태양의 신 헬레나는 당신의 앞에 현신하여 마병들을 몰아내고자 한다.

그녀를 도와 마계의 군대를 몰살시키도록 하자.

퀘스트 난이도 : 없음

퀘스트 조건 : '어비스 드래곤'의 각성. '태양의 신 헬레나'와 관련된 퀘스트 달성률이 가장 높은 유저.

제한 시간 : 알 수 없음

보상 : 랜덤한 '전설 등급'의 스킬 북×2

　　　　태양신의 비약

*거절할 수 없는 퀘스트입니다.

'이게 대체 뭐야? 게다가 난이도 없음은 뭐지?'

레미르는 당황했다.

이것은 정말 생각지도 못한 전개였던 것이다.

그리고 그녀가 정신을 차리기도 전에, 그녀의 귓가에 낯익은 목소리가 들려오기 시작했다.

그것은 그녀를 제외한 다른 누구도 들을 수 없는 목소리였다.

-나의 사자使者여. 나를 도와 저 흉물스런 마계의 침략자들을 내 땅에서 몰아내도록 하라!

순간 레미르의 머리 위에서 붉은 화염의 소용돌이가 몰아치기 시작하더니, 그것은 곧 그녀를 집어삼켰다.

화르륵-!

그리고 그 순간, AI의 통제가 풀리며 그녀의 몸이 움직이기 시작했다.

우우웅-!

어비스 드래곤과 마왕들의 혈투가 벌어지고 있는 그 앞에 커다란 공명음이 울리며 다섯 개의 그림자가 하나씩 나타났다.

우웅- 우우웅- 우우웅-!

각기 다른 빛깔을 지닌 마나의 소용돌이와 함께, 전장에 모습을 드러낸 오대 신.

그들은 각각 어마어마한 존재감을 뿜어내고 있었는데, 조금 특이한 점이라면 신형이 반투명한 상태라는 것이었다.

그리고 그들이 등장하는 순간, 격렬했던 전투가 거짓말처럼 멈춰졌다.

-결국…… 이렇게 되어 버리고 말았군.

마왕 하르세인이 자조 섞인 목소리로 음울하게 웃었다.

그러자 그들 중 가운데에 서 있던 흑발의 사내, 전쟁의 신 마레스가 피식 웃으며 입을 열었다.

-차원의 중재자가 등장한 그 순간, 너희들은 뒤도 돌아보지 말고 마계로 돌아갔어야 했다.

그의 말에 하르세인이 천천히 고개를 끄덕이며 대답했다.

-확실히 차원의 중재자가 등장한 순간, 결과는 정해진 것이나 마찬가지였지.

마레스가 그를 비웃었다.

-예나 지금이나, 마족 나부랭이들은 멍청하기 그지없군.

-어쩔 수 없다. 소멸하더라도 마지막까지 전장을 지키는 것이, 우리에겐 최고의 영예榮뿐니까.

-그 정신 하나는 높이 사도록 하지.

마레스의 말이 끝나자, 다른 신들도 저마다 한 마디씩 입을 열었다.

그리고 간단한 대화가 끝나자, 바람의 신 '미로'가 손에 들고 있던 뿔피리를 입에 가져다 대었다.

뿌-우-우-!

협곡 전체에 울려 퍼지는 묘한 음색의 뿔피리 소리.

그와 함께, 협곡의 하늘에 거대한 그림자가 드리워지기 시작했다.

펄럭- 펄럭-

지상에서 들릴 정도로 거대한 날갯짓 소리와 함께, 뿍뿍이에 비견될 정도로 위압적인 크기를 가진 네 마리의 신룡이 협곡을 향해 날아왔다.

　쿵-! 쿠쿵-!

　네 마리의 신룡은 심연의 드래곤을 중심으로 사방에 내려앉았고, 그것은 그야말로 그림같이 멋진 광경이었다.

　이안은 그것을 보며, 속으로 중얼거렸다.

　'다섯 신과 네 마리의 신룡…… 그렇다면 나머지 한 마리는?'

　그리고 그 순간, 인간의 모습으로 폴리모프 한 채 이안의 뒤에 서 있던 카르세우스의 신형이, 새하얀 빛으로 뒤덮이기 시작했다.

　이제는 AI의 통제를 벗어난 이안이, 고개를 돌려 카르세우스를 응시했다.

　'그래, 카르세우스가 전쟁의 신룡이었지!'

　쿵-!

　묵직한 소리와 함께, 본체로 현신한 카르세우스가 비어 있던 한 자리로 날아가 내려앉았다.

　그것을 본 전쟁의 신 마레스가 카르세우스를 향해 말했다.

　-카르세우스, 너는 아직 기억을 전부 되찾지 못했구나.

　카르세우스가 살짝 고개를 숙여 보이며 대답했다.

　-그렇습니다. 나의 신이시여.

마레스가 씨익 웃으며, 다시 말했다.

-하여, 아직도 모르겠느냐?

-아닙니다. 마레스 님. 이제는 알 것 같습니다.

-그렇다면 넓게 날개를 펼치거라, 카르세우스. 너는 나의 분신이 아니더냐.

쿠르릉-!

마치 번개가 치기라도 한 듯, 커다란 천둥소리를 연상케 하는 진동음이 협곡을 타고 울려 퍼졌다.

그리고 카르세우스의 커다란 몸이 다시 새하얀 빛에 휘감기기 시작했다.

그러더니 그의 체구가 점점 더 커져 갔다.

다른 신룡들에 비해 비교적 왜소하던 카르세우스의 몸체가, 그들과 비슷할 정도로 커진 것이었다.

멍하니 그 광경을 지켜보던 이안의 눈앞에 새로운 시스템 메시지가 떠올랐다.

띠링-.

-소환수 '카르세우스'의 진화 조건이 모두 충족되었습니다.

'……!'

이안은 경악했고, 그와 별개로 카르세우스의 몸은 계속해서 변하고 있었다.

우드득- 우드득-!

등에 돋아 있던 회백색의 돌기들은 더욱 길고 날카롭게 솟아올랐으며, 머리의 뒤쪽으로 자라 있던 묵빛 뿔은 더욱 거대하고 화려하게 자라났다.

무엇보다 가장 큰 변화는, 온몸에 묵빛의 은은한 기운이 휘감겨 있다는 점이었다.

ー소환수 '카르세우스'가 '신화 등급'으로 진화하는 데 성공했습니다.

이안은 기쁨을 넘어 경악했고, 어안이 벙벙할 뿐이었다.

'이게 뭐지? 지금까지 한 개고생에 대한 보답인가? 그렇다고 하더라도 카르세우스까지 신화 등급으로 진화하다니……!'

이안은 몰랐지만, 카르세우스는 그냥 진화한 것이 아니었다.

이안이 용신의 인정을 받으면서 먼저 조건이 하나 해제되었고, 그에 이어 전쟁의 신 마레스가 등장하면서 마지막 조건까지 전부 충족된 것이다.

이안은 감격으로 인해 눈이 촉촉해질 지경이었다.

'크으, 이제 이대로 마왕 놈들을 처치하고 전쟁을 끝내면 되는 건가! 이젠 더 놀랄 것도 없겠어.'

하지만 이것은 끝이 아니었다.

저벅저벅.

묵직한 발소리가 들리며, 이안의 뒤쪽에 서 있던 한 남자가 천천히 걸어 나왔다.

그리고 더 이상 놀랄 것이 없으리라 생각했던 이안의 두 눈은, 휘둥그레질 수밖에 없었다.

멋들어지게 늘어뜨린 백발에, 커다란 핏빛 대검을 등에 대각선으로 걸쳐 멘 사내.

'카이자르!'

이안은 걸음을 옮기는 카이자르의 뒷모습에서 시선을 뗄 수 없었다.

카이자르의 주변으로 기의 폭풍 같은 것이 몰아치고 있었기 때문이었다.

카이자르가 마레스의 앞으로 다가갔다.

척-.

그러고는 절도 있게 예를 취해 보이며, 묵직한 목소리로 입을 열었다.

"오랜만에 뵙습니다, 마레스 님."

마레스가 피식 웃었다.

-오랜만이구나, 카이자르.

스르릉- 퍽-!

카이자르는 등에 메고 있던 대검을 뽑아 들어 바닥에 박아 세우고는, 마레스를 향해 한쪽 무릎을 굽혀 앉았다.

그리고 카이자르의 목소리 또한 마레스의 음성처럼 웅웅거리는 소리로 울려 퍼지기 시작했다.

-제게 남겨진 마지막 사명을 완수하기 위해, 이 자리에 나왔습니다.

마레스의 입꼬리가 슬쩍 말려 올라갔다.

-그래, 3천 년 전의 못 다한 임무를 오늘 완수한다면 내 직접 너의 족

Taming Master
테이밍마스터

쇄를 풀어 주도록 하겠노라.

-감사합니다.

-제법 괜찮은 주인을 만났더구나.

-제 마지막 영혼의 조각을 찾았습니다. 마레스 님. 이젠 제가 가야 할
길을 확실히 알 것 같습니다.

-그래. 신의 사자로서 모든 사명을 완수하고, 인간으로서의 삶을 누
려 보는 것도 나쁘지 않겠지.

마레스와 카이자르의 대화는 그리 길지 않았지만, 그 안에
담겨 있는 내용들은 놀라운 것이었다.

'카이자르가 신의 사자……?'

그리고 다음 순간, 이안의 눈앞에 또다시 시스템 메시지가
떠오르기 시작했다.

띠링-!

-가신 '카이자르'의 각성을 위한 모든 조건을 충족하셨습니다.

이안의 눈이 점점 더 커졌다.

'어, 어라?'

-가신 '카이자르'가 '전설' 등급에서 '신화' 등급으로 각성합니다.

파앗-!

카이자르의 주변에 흐르던 기의 폭풍이, 순간 그의 몸속으
로 빨려 들어갔다.

대신에 기의 폭풍이 맴돌던 자리에는 핏빛 기운이 넘실대
고 있었다.

이안은 감격을 넘어 이제 정신이 없을 지경이었다.

'뿍뿍이에 카르세우스. 거기에 카이자르까지 각성한 거야?'

한순간에 거의 한 배 반에서 두 배 가까이 늘어난 이안의 전력.

가신 하나와 소환수 둘이 강해졌다고 해서 두 배로 강해졌다는 말은, 어쩌면 비약이라고 생각할 수도 있을 것이었다.

하지만 이것은 절대로 비약이나 과장이 아니었다.

신화 등급은 다른 티어에 비한다면 그야말로 격이 다른 수준이었으니까.

그런데 그때, 살아남은 인간계 진영의 몇몇 유저들과 NPC들이 각기 다른 신들의 앞으로 다가섰다.

그리고 원래 전장에 없었던, 새로운 유저들이 신의 권능을 통해 소환되기도 하였다.

그들 중에는 레미르나 레비아와 같은 랭커도 포함되어 있었고, 전혀 알려지지 않은 무명의 유저도 있었으며, 처음 보는 특별한 NPC들도 있었다.

대륙 각지에 숨어 있던 신의 사자와 신의 권능을 얻기 위한 퀘스트를 진행 중이던 유저들이, 그 모습을 드러낸 것이었다.

그 광경을 보며 이안은 속으로 중얼거렸다.

'역시 나만 차원 전쟁과 관련된 퀘스트를 하던 게 아니었어. 다른 유저들도 다른 신들로부터 퀘스트를 부여받았었던

것이겠지.'

　하지만 확실한 것은, 가장 빠르게 모든 임무를 완수해 낸 이는 이안이라는 사실이었다.

　이안은 뿌듯함을 느끼며 마계 진영 쪽에 묵묵히 서 있는 여섯 마왕을 응시했다.

　'이제, 끝인가?'

　누가 보더라도 압도적인 전력 차이를 알 수 있는 상황이었다.

　그때, 태양의 신 헬레나가 천천히 입을 열었다.

　-자. 이제는 모든 것을 끝낼 시간이다. 마졸들이여.

　하르세인이 헬레나의 말을 비아냥거렸다.

　-그렇다면 얼른 끝내시오. 무엇이 두려워 그리 꾸물대고 있단 말인가.

　하지만 하르세인의 비아냥에도, 헬레나는 전혀 동요하지 않았다.

　그리고 그녀의 말이 다시 이어졌다.

　-마왕이여, 저 차원의 벽 뒤에 숨겨져 있는 거대한 악의 근원을 내가 모를 것이라 생각하는가.

　퍼어엉-!

　그녀의 손에서 거대한 불길이 쏘아져 나갔고, 그것은 하르세인을 스쳐 지나가 뒤쪽의 공간을 강하게 때렸다.

　콰지직-!

　그리고 그것을 본 이안의 두 눈이 살짝 커졌다.

'뭐지? 분명 아무것도 없는 것 같았는데, 어떻게 저런 충격음이 나는 거지?'

그리고 하르세인의 다음 말을 들은 순간, 이안은 그 이유를 알 수 있었다.

─후후. 역시 절대자의 이목은 속일 수 없군. 결국 제어할 수 없는 미완성의 마룡을 내 손으로 풀어 놓아야만 하는가.

말을 마친 하르세인은 돌연 오른손을 번쩍 치켜들었다.

그러자 그의 뒤쪽에 있던 공간이 일렁이면서, 풍경이 바뀌기 시작했다.

'뭐지, 저건……?'

정확히 말하자면 풍경이 바뀐 것은 아니었다.

지형은 그대로인 상태로, 비어 있던 공터에 시커멓고 거대한 무언가가 생겨난 것뿐이었으니까.

하르세인은 환영 마법을 통해, 그들의 뒤 공간을 잠시 숨겨 두었던 것이었다.

그리고 이안은 그 거대한 무언가의 정체를 어렵지 않게 짐작해 낼 수 있었다.

'마룡 칼리파. 저건 오래전 오클리에게서 들었던 미친 마룡이 분명해!'

시커멓고 거대한 용이 두 발을 땅에 내디뎠다.

쿵─ 쿵─!

다섯 신룡들, 그리고 어비스 드래곤과 비교하더라도 압도적으로 거대한 괴물 같은 몸집이었다.

차원 전쟁의 시발점이 된 존재인 마룡 '칼리파'가 전장에 그 모습을 드러내었다.

하르세인이 자조적인 웃음을 지으며 말했다.

-이렇게 된 이상 그대들도 각오해야 할 것이다. 칼리파는 마신들조차 함부로 다룰 수 없는 괴물 같은 존재니까 말이야.

그의 말에 마레스가 짧게 대답해 주었다.

-저런 잡종 도마뱀따위가 감히 신의 권능에 맞설 수 있다고 생각하는 것인가.

그리고 그 말을 시발점으로, 양측 진영 모두가 마지막 전투를 위해 자세를 잡기 시작했다.

척- 처척-!

다섯 신들은 각기 가진 신의 권능을 사용하여, 자신이 불러낸 신의 사자들에게 힘을 나누어 주었다.

-전쟁의 신 마레스의 이름으로 명하노니······.

-대지의 신 샌디애나의 이름으로 명하노니······.

-태양의 신 헬레나의 이름으로 명하노니······.

신의 권능을 부여받은 유저들은 어마어마한 전투 능력치 버프가 생성됐고, NPC들 또한 훨씬 더 강력해졌다.

그리고 모든 의식이 끝나자, 다섯 신들은 허공으로 떠올라 서서히 그 모습이 희미해졌다.

그것을 본 이안은 어리둥절한 표정이 되었다.

'뭐야, 가는 거야? 왔으면 직접 싸우지, 왜 기껏 왔다가 버프만 걸어 주고 그냥 가는 건데?'

이안이 알 수는 없었지만, 아무리 차원의 중재자인 어비스 드래곤이 있다 하더라도 신이 직접 물리력을 행사하는 것은 불가능한 것이었다.

사실 신의 사자들을 통해 자신의 권능을 발현하는 것만으로도 이미 인과율을 어긴 충분히 무리한 관여였다.

신들이 온전히 모습을 감추기 전, 마지막으로 바람의 신 '미로'가 들고 있던 뿔피리를 입에 가져다 대며 나직한 목소리로 말했다.

-저 악룡을 오늘 소멸시킬 수 있다면, 앞으로 마계의 침공을 걱정해야 할 일은 없을 것이다. 영웅들이여, 모두 전력을 다하여 저들을 처단하라!

뿌우우-!

미로의 뿔피리가 전장에 울려 퍼지기 시작했고, 그 순간 협곡은 커다란 함성으로 메워졌다.

"와아아!"

"전쟁을 끝내자!"

그리고 온전히 정신을 차린 마룡 칼리파가 괴성을 지르며 포효했다.

-캬아오오, 내 눈앞의 모든 존재들을 소멸하리라!

콰앙- 쾅-!

마법사들과 궁수들이 먼저 원거리 포격을 시작했고, 이안도 창대를 휘두르며 선두에 있는 마수들을 향해 뛰어들었다.

마룡 칼리파와 여섯 마왕들은 미친 듯이 날뛰었지만, 다섯 신룡과 어비스 드래곤이 그들의 앞을 막아섰다.

-3천 년 전의 빚을 갚아 주마, 칼리파.

카르세우스의 말에, 칼리파가 코웃음을 치며 대답했다.

-웃기는 소리. 오늘은 아예 영혼까지 소멸시켜 주마, 카르세우스.

칼리파가 거대한 꼬리를 거칠게 휘둘러 카르세우스를 공격했다. 하지만 그 순간, 솟구치는 물의 장막이 그 앞을 가로막았다.

퍼엉-!

뿍뿍이가 칼리파를 향해 말했다.

-3천 년 전. 만약 이 자리에 카르세우스가 있었다면 영혼까지 소멸되는 것은 바로 네놈이었을 것이다, 칼리파.

-후후.

과거 카르세우스는, 차원 전쟁이 시작되기도 전에 북부 대륙에서 칼리파에 의해 먼저 목숨을 잃었었다.

그래서 3천 년 전에는, 전쟁의 신룡을 제외한 네 마리의 신룡과 어비스 드래곤만이 칼리파와 마왕들을 상대해야만 했다.

그리고 칼리파와 뿍뿍이는 그에 대한 이야기를 하고 있는 것이었다.

차원 전쟁의 마지막에 걸맞은 화려하고 웅장한 규모의 전투.

　신의 가호를 받아 강력해진 유저들은, 발록들을 비롯한 전설등급의 마수들에게도 전혀 밀리지 않았다.

　또한 다섯 신룡들과 어비스 드래곤은 칼리파와 마왕들을 상대로 팽팽한 공방을 주고받고 있었다.

　그리고 그 힘의 균형을 깨뜨린 것은 다름 아닌 이안과 카이자르였다.

　신화 등급으로 각성한 카이자르는 신룡에 비교해도 전혀 꿀리지 않는 어마어마한 전투력을 가지고 있었으며, 전쟁의 신 마레스의 가호를 받은 이안이 발록들을 무차별 학살하기 시작한 것이었다.

　신이 내린 권능은 원래 가지고 있던 전투 능력을 배 이상으로 강력하게 만들어 주는 어마어마한 버프였다.

　'운동선수가 도핑을 하면 이런 기분일까?'

　이안은 엉뚱한 생각을 하며, 신이 나서 전장을 휩쓸고 다녔다.

　그리고 조금씩 힘의 균형이 무너지자, 얼마 지나지 않아 마계 진영은 완전히 초토화되어 갔다.

　피해가 쌓이고 쌓여 스노우 볼이 굴러가기 시작하자, 마치 봇물 터진 것처럼 진영이 무너져 버린 것이었다.

결국 마계 진영은, 거의 모든 전력이 몰살당하기에 이르렀다.

전투가 재개된 지 고작 20여 분 정도 만에, 마계 진영에는, 두 명의 마왕과 마룡 칼리파 그리고 십여 기 정도의 발록뿐이 남지 않게 되었다.

마족 진영의 유저들은 몰살당한 지 이미 오래였다.

차원 전쟁이 종료되기까지 남은 시간은 단 1분 30초.

시간을 확인한 순간, 이안의 뇌리에 충동적인 생각이 스치고 지나갔다.

'가만, 차원 전쟁이 끝나면 마족들이 전부 역소환되잖아?'

이것은 비단 오늘이 차원 전쟁의 마지막 날이기 때문은 아니다.

매일 차원 전쟁 시간이 끝날 때면 모든 마족들은 다시 마계로 역소환되었던 것이었다.

그리고 그것은 당연히 오늘도 마찬가지로 적용될 것이었다.

이안이 돌연 신룡들과 혈투를 벌이고 있는 칼리파를 향해 돌진했다.

'그럴 수 없지. 신화 등급 보스 몬스터를 이대로 보낸다고? 얘가 무슨 아이템을 떨굴지 알고 그냥 보내? 경험치는 또 얼마나 줄지 알고?'

이안은 마지막 힘을 다해 칼리파를 향해 몸을 날렸다.

칼리파의 생명력은 거의 실금 정도밖에 남지 않은 상태였고, 행성파괴 무기가 제대로 박히기만 하면 막타를 치는 것도 가능할 것만 같았다.

'제발, 유종의 미를 한번 거둬 보자!'

사실 아무리 신의 버프를 부여받은 이안이라 하더라도, 칼리파와 맞서는 것은 계란으로 바위를 치는 것과 다를 것이 없었다.

칼리파의 발톱에 한 번만 잘못 걸려도, 이안은 그대로 시커먼 화면을 맞닥뜨려야 할 것이었다.

이안은 온 정신을 집중하며 자기최면을 걸기 시작했다.

'하지만 저 바위는 이미 거의 다 부서진 썩은 바위잖아? 그리고 나도 날계란보다는 단단한 삶은 계란 정도는 되겠지.'

분주한 몸놀림으로 악착같이 신룡들의 협공을 막아 내는 칼리파.

칼리파의 신경이 분산된 덕분에, 이안은 무사히 칼리파의 지척까지 도달했다.

그리고 그 순간, 이안은 이 무모한 시도가 반쯤은 성공했다는 것을 알 수 있었다.

타탓-!

이안은 망설임 없이 칼리파의 거구를 타고 그 위로 뛰어오르기 시작했다.

그리고 그제야, 칼리파는 이안의 존재를 알아챌 수 있었다.

-크아아! 뭐냐, 이 벌레 같은 인간은!

하지만 그때는 이미, 이안의 몸이 칼리파의 머리 위까지 솟구친 상태였다.

"고맙다, 내 경험치 보따리."

높이 뛰어오른 이안은 정령왕의 심판을 거꾸로 틀어쥔 채 그대로 칼리파의 정수리를 향해 쇄도했다.

푸욱-!

그야말로 깔끔하기 그지없는 경쾌한 소리가 울려 퍼졌다.

-마룡 '칼리파'에게 치명적인 피해를 입혔습니다!

-'칼리파'의 생명력이 265,980만큼 감소합니다.

그리고 다음 순간, 이안이 기다렸던 시스템 메시지가 그의 눈앞에 떠올랐다.

-마룡 '칼리파'를 처치하는 데 성공하셨습니다!

반전에 반전이 거듭된 차원 전쟁 최후의 전투.

그것은, 그 안에 참전한 유저들은 물론, 방송을 통해 영상으로 지켜보던 유저들 또한 실시간으로 심장이 쪼그라드는 것을 느낄 수밖에 없는 그런 극적인 전개였다.

차원 전쟁에 한 번이라도 발을 담근 유저는 승리 진영이 어디가 되느냐에 따라 보상 자체가 달라지기 때문에 몰입해서 볼 수 있었으며, 그러한 이익과 관계없는 유저라고 하더라도 충분히 마음 졸이며 보게 되는 그런 전투였다.

그리고 가장 많은 이들이 몰입해 있던 유저는 당연히 이안이었다.

모든 전투의 중심에서 활약했으며, 모든 이벤트의 시발점이 된 유저.

게다가 컨트롤 또한 가장 스타성 넘치는 화려함을 가지고 있으니, 모두가 열광하는 것은 어쩌면 당연한 일이라 할 수 있었다.

특히 전투가 종료되기까지 1분도 채 남지 않았던 시점에서 칼리파의 숨통을 끊어 놓던 장면은, 따로 하이라이트 영상으로 제작되어 곧바로 배포가 되었을 정도였다.

몇몇 이안의 안티들이 신룡들이 다 잡아 놓은 걸 막타만 친 게 아니냐며 비아냥거렸지만, 그런 댓글들은 수많은 찬양 글에 묻혀 잘 보이지도 않을 지경이었다.

-와, 이안 저 운발 템발 꿀빨러 새끼, 또 막타만 쏙 빼먹네.

-뭐지? 윗분 뭐임? 저거 지금 제정신으로 하는 소린가?

-저런 뻘글은 그냥 무시하는 게 상책임요.

-자기가 같은 스펙으로 저 자리에 있었으면 칼리파 막타는 커녕 발록 한 마리는 잡을 수 있었을 줄 아나ㅋㅋ.

-ㅋㅋ그러니까요. 저게 어딜 봐서 템발이야? 그냥 컨트롤이 답이 없

는 건데.

　—이안 아니었으면 칼리파 머리털도 못 보고 전쟁 끝날 뻔했구만 저
건 또 무슨 참신한 개소리래?

　물론 이안 말고도 화제된 유저들은 제법 많았다.
　대표적으로 샤크란이나 레미르, 레비아와 같은 최상위의
랭커들의 활약이 영상으로 돌아다니기 시작했으며, 그중에
서도 가장 높은 뷰가 찍힌 것은 레미르와 샤크란의 스킬 연
계 영상이었다.
　신의 버프를 받은 레미르의 광역 마법이 제대로 들어가자,
범위 안에 있던 모든 마수들과 마족들의 생명력이 절반 이하
로 떨어졌고, 그 순간 발동된 샤크란의 분신들이 순식간에
마계 진영을 초토화시켜 버린 그림 같은 장면.
　특히 이 영상의 백미는, 샤크란이 자신의 분신들을 동시에
컨트롤하여 각기 다른 스킬들을 발동시키는 부분이었다.

　어찌 되었든 차원 전쟁은 인간계의 승리로 마무리되었다.
　마족으로 전향한 모든 유저들은 전부 마계로 소환되었으
며, 마계와 인간계는 다시 완전히 단절되어 버렸다.
　그리고 그에 따라, 마족 유저들의 불만이 여기저기서 터져

나오기 시작했다.

　마계에는 100레벨 이하의 저레벨 유저들이 사냥할 만한 사냥터가 제대로 갖춰져 있지 않았기 때문이었다.

　개발사에서 부랴부랴 120구역보다 더 하위 구역인 120~200 구역까지의 필드를 오픈했지만, 그것으로는 모든 마족 유저들을 수용하기에 부족함이 있었다.

　반면, 당연한 이야기겠지만 인간 종족을 그대로 유지한 인간계의 유저들은 모두 승전의 혜택을 만끽하고 있었다.

　우선 차원 전쟁 기간에 얻은 모든 보상이 어마어마하게 뻥튀기 되었으며, 획득한 공적치는 제국에서 스킬 북이나 고급 아이템으로 교환받을 수 있었다.

　그리고 마지막까지 치열했던 공적치 순위 전쟁에서, 압도적인 차이로 1위에 랭크된 것은 당연히 이안이었다.

　"후우, 아이템 정리하는 것도 진짜 일이네 일이야."

　로터스 영지의 영주 집무실.

　오랜만에 자신의 방에 돌아온 이안은, 오전부터 방에 틀어박혀 한 발자국도 나오지 않았다.

　그 이유는 당연히, 차원 전쟁을 통해 얻은 보상들을 확인하고 정리하기 위함이었다.

이안은 마수들이나 마족들이 드롭하는 아이템들 중, 유일 등급 이하의 잡템들은 아예 거들떠보지도 않았다.

줍지도 않고 그대로 버려 버린 것이었다.

그럼에도 불구하고 이안의 수백 칸이 넘는 인벤토리에는, 아이템들이 꽉 들어차 있었다.

전부 보랏빛과 금빛으로 반짝이는 인벤토리 창을 보고 있노라면, 이안은 웃음이 절로 나올 지경이었다.

'크으, 특히 칼리파 막 타가 정말 꿀맛이었지.'

이안이 칼리파를 처치하고 얻은 보상은, 그야말로 어마어마했다.

일단 장비류 아이템만 보더라도 영웅 등급의 대검 하나에, 전설 등급의 방어구와 장신구, 게다가 신화 등급의 대궁까지 하나 드롭된 것이었다.

거기에 히든 클래스로의 전직을 가능하게 해 주는 희귀한 잡화 아이템인 롤랑의 단검까지.

사실 롤랑의 단검은, 이안에게는 필요 없는 아이템이다.

하지만 롤랑의 단검은 최소 2티어 이상의 히든 클래스로 전직시켜 주는 아이템이었기 때문에, 그야말로 부르는 게 값이었다.

그리고 마지막으로, 값을 매길 수 없는 아이템이 하나 더 있었다.

이안은 양손에 꽉 들어 찰 정도의 크기인 검붉고 투명한 수정을 조심스레 꺼내어 들었다.

마룡 칼리파의 영혼 결정

분류 : 잡화
등급 : 신화

마룡 칼리파가 소멸하기 직전에 남긴 영혼의 결정체이다.

마수 연성술을 익힌 이라면 누구나 꿈에 그릴 법한 최고의 연성 재료.

뛰어난 마수 연성술사라면 이 영혼 결정을 통해 칼리파를 부활시킬 수
도 있으며, 전혀 다른 또 다른 마룡을 탄생시킬 수도 있을 것이다.

이 영혼 결정을 사용한 연성술에 성공하기만 한다면, 최강의 마수를 만
들어 낼 수 있으리라.

*마수 연성술이 10레벨에 이른 연성술사만이 사용할 수 있는 재료입니다.

*마신의 제단에 공양하면 신화 등급의 장비 상자와 교환받을 수 있습
니다.

*유저 '이안'에게 귀속된 아이템입니다.

다른 유저에게 양도하거나 팔 수 없으며 캐릭터가 죽더라도 드롭되지
않습니다.

'흐흐, 그동안 잠재워 뒀던 나의 노가다 본능을 일깨우는
아이템이란 말이지.'

현재 이안의 마수 연성술은 6레벨 정도였다.

그동안 틈나는 대로 숙련도를 올렸지만, 워낙에 전투와 퀘
스트로 바빴다 보니 많이 올리지는 못한 것이었다.

물론 6레벨도 낮다고는 할 수 없는 수치였지만, 현재의 이
안에게 도움될 만한 마수를 만들어 내기에는, 턱없이 부족한
숙련도라고 할 수 있었다.

'마신의 제단에 공양? 어림없는 소리지. 이걸로 마룡 한 마리 만들면 신화 등급 무기 열 개 이상의 값어치를 할 텐데 말이야.'

이안은 싱글벙글 웃으며 영혼 결정을 다시 인벤토리에 집어넣었다.

"자, 이제 얼추 정리는 끝난 건가?"

이안은 마지막으로, 아직 감정하지 않은 십수 개의 전설 등급의 장비들과 칼리파가 드롭한 신화 등급의 대궁을 탁자에 가지런히 올렸다.

'물이라도 떠 와서 제사 한 번 지내고 까 봐야 하나?'

속으로 실없는 생각을 한 이안은 전설 등급의 아이템들부터 차례대로 감정하기 시작했다.

그리고 장비를 하나하나 감정할 때마다 짧은 탄식이 흘러나왔다.

'으, 나쁘지는 않은데, 뭔가 2퍼센트 부족하단 말이야.'

사실 이안이 획득한 전설 장비들은 대부분 훌륭한 아이템들이었다.

다만 지금 이안이 착용 중인 장비를 대체할 만큼 좋은 물건이 없었을 뿐이었다.

게다가 죄다 계정 귀속 장비였기 때문에, 팔아먹을 수도 없는 물건들이었다.

'크윽, 왠지 가신들 좋은 일만 해 주고 있는 것 같은데.'

이안이 쓰기 애매한 전설 장비들 중 계정 귀속이 걸려 있는 장비들은 전부 가신들의 몫이었다.

특히 카이자르는, 언제나 하이에나처럼 이안의 아이템들을 호시탐탐 노리고 있었다.

'그래, 기왕 이렇게 된 거, 카이자르 충성도나 좀 더 올려 봐야지.'

이안은 카이자르에게 생색이나 제대로 내야겠다고 생각하며, 마지막 아이템인 신화 등급의 대궁을 집어 들었다.

"그래, 너만 옵션 기가 막히게 뽑히면 다른 템들은 의미 없다."

무려 신화 등급의 무기인 데다, 이안이 원래 즐겨 사용하던 병종인 대궁이었다.

정말 감정 결과만 괜찮다면, 정령왕의 심판과 번갈아 가며 사용할 수 있을 터였다.

이안은 두근거리는 마음으로 감정석을 사용했다.

"감정!"

띠링―.

―아이템 감정에 성공하셨습니다.

―신화 등급의 아이템, '마신의 분노'를 획득하셨습니다.

짧은 알림 메시지와 함께, 이안의 눈앞에 기다란 아이템 정보 창이 떠올랐다.

마신의 분노

분류 : 대궁   **등급** : 신화

착용 제한 : 명성 1,500만/노블레스 등급 이상의 마족 (노블레스 등급 이상의 반마 또한 착용 가능)

공격력 : 3,125~3,544

내구도 : 1,525/1,525

옵션 : 모든 전투 능력 +8퍼센트

       항마력 관통 +4.3퍼센트

       마기 발동률 +5.5퍼센트

       마기 +30퍼센트

       항마력 +3.7퍼센트

*무영시無影矢

화살 대신 마기를 이용해 화살을 만들어 낼 수 있는 능력이다.

마신의 분노를 사용하는 유저는 화살이 없이도 활을 이용한 공격이 가능하게 되며, 마기를 많이 보유하고 있을수록 더욱 강력한 공격을 하게 된다.

(마기 50당, 고정 피해량 1 증가)

*영혼 흡수

적에게 화살을 세 번 연속으로 명중시킬 때마다 발동하는 능력이다.

영혼 흡수 능력이 발동하게 되면, 세 번째 화살이 입힌 피해량의 50퍼센트를 생명력으로 흡수하게 되며, 5초 동안 유저의 공격력이 15퍼센트만큼 증가한다.

또한 영혼 흡수에 당한 적이 가지고 있던 모든 버프 효과를 빼앗아 오며, 10초간 방어력을 15퍼센트만큼 감소시킨다.

*공간격空間擊

대상에 정신을 극도로 집중하여 발동시킬 수 있는 능력이다.

공간격이 발동되면 10초 동안 시야가 500퍼센트만큼 증가하며, 사거리가 100퍼센트만큼 증가하고 공격력이 50퍼센트만큼 증가한다.

또한 어떤 장애물이 있더라도 지속 시간 동안 공간격을 발동시킨 대상의 위치를 확인할 수 있으며, 공간격의 효과가 지속되는 동안은, 마기

발동률이 100퍼센트로 조정된다.
하지만 지속 시간 동안 유저는 움직일 수 없고, 공격 속도가 절반으로 줄어든다.
*폭발시爆發矢
화살이 대상에 명중할 때, 10퍼센트의 확률로 '마기 폭발' 효과가 발동한다.
*유저 '이안'에게 귀속된 아이템이다.
다른 유저에게 양도하거나 팔 수 없으며 캐릭터가 죽더라도 드롭되지 않는다.
*태초의 마계
창조신이 마계의 모든 피조물들을 만들 때 마신의 권능을 담았다고 알려진, 신화 속의 대궁이다.
화살 대신 마기를 쏘아 낸다고 알려진 이 활은, 한때 마왕들이 가장 가지고 싶어 했던 수집품 중의 하나였다.

아이템 정보를 다 읽은 이안의 입이 쩍 벌어졌다.

"허얼……."

그리고 아이템에 붙어 있는 고유 능력들을 재차 정독한 이안은, 열심히 머리를 굴리기 시작했다.

'무영시 능력에 붙은 마기 추뎀도 나쁘지 않은 옵션이지만, 영혼 흡수 능력이 진짜 사기적인 것 같은데?'

이안이 영혼 흡수 능력을 사기라고 생각하는 이유는, 생명력 흡수나 버프 효과에 있지 않았다.

이안이 생각하는 가장 사기적인 능력은 버프 효과를 빼앗아 오는 것이었다.

'내가 알기로 무적이나 대인 보호막도 버프의 일종이라고 알고 있는데, 이 활만 있으면 그런 효과들도 빼앗아 올 수 있는 거야?'

게다가 이안이 계속해서 명중만 시킨다면, 대상은 이안의 공격에 맞는 동안 어떤 버프 효과도 받을 수 없다는 이야기나 다름없었다.

그리고 공간격 능력 또한 무척이나 재밌어 보이는 고유 능력이었다.

'이건 궁사 클래스의 저격 스킬이랑 비슷한 고유 능력인 것 같은데……..'

발동 시 10초나 지속되는 이동 불가 디버프 때문에, 전투 중에는 사용할 수 없는 능력이었지만, 생명력이 낮고 공격력이 강한 적을 암살할 때 유용하게 쓸 수 있을 것 같았다.

마지막으로 폭발 시 능력은, 피해 종류는 조금 다르지만 정령왕의 심판에 붙어 있던 심판의 번개와 비슷한 능력이라고 생각하면 될 것 같았다.

"좋아, 아주 좋아!"

이안은 만족스러운 표정으로 고개를 주억거렸다.

사실 하나하나 따져 보면 고유 능력 자체는 정령왕의 심판보다 많이 좋은 수준은 아니었다.

하지만 고유 능력들을 차치하고라도, 기본 옵션과 무기 대미지도 어마어마했기 때문에 이안은 만족할 수 있었다.

"보자, 기본 무기 대미지 평균이 3,300이면……."

3,300이라는 수치는 4차 초월로 인해 행성 파괴 무기가 되어 버린 이안의 '정령왕의 심판'보다는 확실히 떨어지는 수치였다.

그러나 그것은 강화된 상태를 기준으로 비교했을 때였고, 지금 '마신의 분노' 아이템은 아직 노강이었다.

'정령왕의 심판이 노강이었을 때 무기 대미지가 2천 정도였던 걸로 기억하는데…… 이 활도 만약 4차 초월까지 할 수 있으면 그야말로 미친 무기가 되겠군.'

어차피 이 무기는 아직 이안이 착용할 수도 없는 상태였다.

'노블레스'라는 조건을 아직 충족시키지 못했기 때문이었다.

만약 이안이 아닌 다른 인간계 유저가 이 아이템을 획득했더라면 절망했을 것이었다.

마계로 가는 길이 모두 단절되어 버렸기 때문에, 인간 유저가 노블레스라는 조건을 달성하는 것이 불가능해졌기 때문이다.

하지만 이안은 달랐다.

이안에게는 차원의 구슬이라는 아티팩트가 있었기 때문이었다.

"흐흐, 할 일이 태산이다, 태산이야. 전쟁이 끝났는데 왜 난 더 할게 많아진 기분이지?"

이안은 콧노래를 흥얼거리며 늘어놓았던 아이템을 다시

인벤토리에 주워 담았다.

그리고 거의 반나절 만에, 영주 집무실에서 빠져나왔다.

"자, 일단 마수 연성 노가다부터 시작해 볼까?"

차원 전쟁이 완벽히 종료되었으니, 이제 한동안은 카일란에 평화가 지속될 것이었다.

'카이몬 제국에서 갑자기 미쳐서 쳐들어오거나 하진 않겠지. 다크루나 길드도 마계로 옮겨 간 마당이니까.'

이안은 이런저런 생각을 하며 인벤토리에서 차원의 구슬을 꺼내어 들었다.

이안의 목적지는 마계 107구역.

마수 연성술의 스승, 세르비안의 연구소였다.

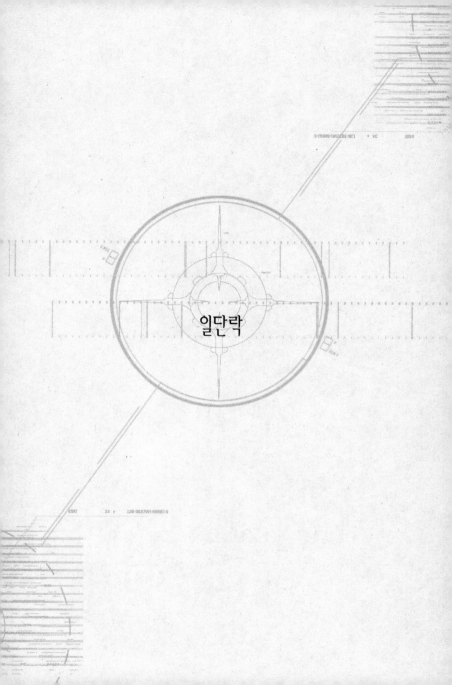

일단락

Taming
Master

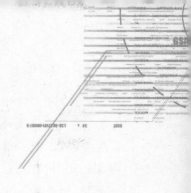

　"얌마, 왜 이리 늦은 거야? 15분이나 지났잖아! 지금 너 기다리느라 다리 후들거리는 거 보이냐?"

　너스레를 떠는 유현의 말에, 진성은 피식 웃으며 대꾸했다.

　"웃기고 있네. 지금 방금 도착한 거 내가 모를 줄 아냐? 어디서 약을 팔아?"

　"흐흐, 역시 눈치 하나는 귀신같이 빨라요."

　오늘은 3월의 첫째 주 월요일.

　진성은 하린과의 데이트를 제외하고는 정말 오랜만에 집 밖을 나왔다.

　그 이유는 바로…….

　'아오, 개강이라니. 게다가 내가 2학년이라니!'

오늘이 개강일이기 때문이었다.

진성은 한숨을 푹푹 쉬며 학교로 가는 버스에 올랐다.

원래 같았으면 수강 정정 기간인 개강 첫 주에 학교를 갔을 리 없는 진성이었지만, 오늘은 가야만 하는 이유가 있었다.

'젠장, 이럴 줄 알았으면 수강 신청 하린이에게 부탁해 놓을걸…….'

수강 신청 기간에 진성은 차원 전쟁을 하느라 정신이 없었고, 기본 전공 수업조차 하나도 시간표에 넣지 못한 상황인 것이었다.

"아오, 근데 아무리 생각해도 오늘은 학교 가기가 싫다. 야, 어떻게 과사에 전화해서 해결할 방법 없을까?"

진성의 말에 유현이 피식 웃으며 대꾸했다.

"강제 휴학 처리 당하려면 그렇게 해 보든가."

진성이 턱을 만지작거렸다.

"음, 휴학이라……. 그것도 아주 끌리는데?"

"어휴, 내가 말을 말아야지."

시답잖은 농담 따먹기로 이어지던 두 사람의 대화는 곧 자연스럽게 화제가 카일란으로 바뀌었다.

"야, 진성아, 너 근데 오늘 아침에 뜬 공지 봤냐?"

유현의 물음에 진성이 곧바로 고개를 끄덕였다.

"당연하지. 내가 눈뜨면 제일 먼저 확인하는 게 공식 홈페이지 공지인데."

"역시……."

고개를 절레절레 저은 유현이 다시 말을 이었다.

"보니까 이제 서너 달 뒤에나 다음 콘텐츠 업데이트 예정이던데, 그동안 어떻게 할 거야?"

"어떻게 하긴 뭘 어떻게 해? 열심히 퀘스트하고 사냥하고, 숙련도 올리고, 아이템 파밍하고……."

"아니, 그런 거 말고, 인마. 길드 운영 이제 어떻게 할 거냐고. 너 차원 전쟁 시작되기 전에 했던 말 있잖아."

"음……?"

진성은 잠시 기억을 더듬어 봤고, 유현이 무슨 말을 하는지 금방 생각해 낼 수 있었다.

"아, 왕국 선포?"

유현이 고개를 끄덕였다.

"그래, 그거."

지난 몇 달간. 로터스 길드는 정말 어마어마하게 성장했다.

진성이 랭커 길드들의 견제를 피하기 위해 일부러 대영지에서 더 이상 길드 티어를 성장시키고 있지 않았지만, 이제는 대부분의 유저들이 사실상 로터스 길드도 10위권 이내의 길드라고 인지하고 있을 정도였다. 진성이 고개를 끄덕이며 천천히 말했다.

"확실히 지금이 타이밍이기는 하지."

차원 전쟁은 인간계의 승리로 끝났지만, 대륙에 피해가 없는 것은 아니었다.

중부 대륙이야 진성을 비롯한 랭커들이 확실히 막아 내었지만, 그동안 북서, 북동 지역의 전쟁터는 완전히 쓸려 내려왔던 것이었다.

특히 카이몬 제국에 비해 힘이 더 약했던 루스펠 제국은, 거의 절반 정도가 마계 침략군에 의해 초토화됐었다.

때문에 진성의 영지인 로터스 영지도 현재 복구 작업을 한창 진행하고 있었던 것이다.

"가능할까?"

"뭐가."

"루스펠 제국을 꿀꺽하는 거 말이야."

유현의 말에 진성이 곧바로 고개를 저었다.

"아니, 아직은 힘들어."

"그래? 이번에 제국군도 피해를 엄청 입었던데…… 안 될까?"

진성이 고개를 끄덕이며 대답했다.

"그래도 제국은 제국이야. 얼마나 강력한 NPC들이 그 안에 도사리고 있을지 모른다고. 어설프게 척을 쳤다가 길드 문 닫아야 할 수도 있어."

"그건 그렇지……."

카일란에서는 유저뿐 아니라 NPC들도 성장한다.

진성은 과거 자신이 100레벨 초반대일 때 200레벨에 가까웠던 왕실기사단을 떠올리며 고개를 저었다.

'아직은 조금 더 힘을 키워야 해. 적어도 내가 헬라임의 레벨은 앞질렀을 때 시작해야지.'

모르긴 몰라도, 왕실 기사단장이었던 헬라임은 이제 300레벨에 근접하거나 그 레벨을 넘었을 것이었다.

과거 헬라임과 비슷한 레벨대였던 카이자르가 어느새 300레벨을 훌쩍 넘긴 상태였으니까.

'기회가 될 때 제국 퀘스트도 진행할 겸 헬라임도 한번 만나 봐야겠어.'

진성이 이런저런 생각을 하고 있을 때, 유현이 다시 입을 열었다.

"그럼 한동안 조용히 개인 퀘스트나 하면서 성장하면 되는 건가? 길드 티어는 대영지인 상태로 계속 둘 거야?"

진성이 다시 고개를 저었다.

"아니, 그건 아니지."

"그럼?"

"루스펠 소속 길드들부터 야금야금 먹어 치워야지."

"아하, 그럼 어디부터? 스플렌더? 오클란?"

유현이 스플렌더와 오클란을 언급한 데에는 이유가 있었다.

두 길드는 과거에 루스펠 최고의 성세를 자랑하던 길드였으나, 지금은 길드장이었던 마틴이나 사무엘 진을 비롯한 핵심 유저들이 마계로 전부 빠져나간 상황이었기 때문이었다.

그리고 진성의 생각 또한 유현과 비슷했다.

"맞아. 그쪽이 사실 흡수하기 편하면서도 알짜배기라고 할 수 있지."

"오케이, 알겠어. 그럼 피오란 님과도 상의해서 대충 계획을 좀 세워 볼게."

진성이 고개를 끄덕이며 대답했다.

"그래, 그동안 나는 로이첸 님과 얘기를 좀 해 볼게. 밸리언트 길드와는 가능한 충돌하고 싶지 않으니 말이야. 가능하면 흡수하는 방향으로 추진해 보고."

밸리언트 길드는, 중부 대륙의 전쟁 이후로 계속해서 로터스 길드와 우호적인 관계였다.

유현이 물었다.

"그럼 왕국 선포는 미루는 걸로 하는 거고, 대영지로 그대로 둘 거야?"

이안이 씨익 웃으며 대답했다.

"그건 아니지. 그렇지 않아도 며칠 내로 공국까지는 선포하려고 했어."

위이잉-!

마계 107구역.

그리고 널따란 107구역의 외곽에 있는 허름한 건물.

그 앞쪽에 작은 공명음이 울리며 붉은 빛깔의 게이트가 열렸다.

그리고 그 게이트에서 두 사람이 걸어 나왔다.

"와아, 여기 정말 마계네?"

"그럼 내가 거짓말이라도 했을까 봐?"

게이트를 타고 마계로 넘어온 두 사람은, 다름 아닌 이안과 하린이었다.

'연성술 숙련도 노가다할 겸, 하린이 쩔도 해 줄 겸 데이트도 하고, 이거야말로 일석삼조지!'

연성술의 숙련도 노가다를 위해서는, 최상급 이상의 마수를 잡는 것보다 하급~상급 정도의 마수를 대량으로 잡아서 계속 연성하는 것이 더 효율이 좋았다.

게다가 이안에게는 쥐꼬리만 한 경험치를 주는 200레벨대의 하급의 마수들도, 하린에게는 엄청난 경험치를 선사할 것이었다.

하린은 이제 150레벨을 갓 넘은 수준이었으니까.

그리고 마계를 제대로 구경해 보는 것이 처음인 하린은 기분이 들떠 보였다.

"으, 진성아 저기 저쪽에 보이는 게 마수지?"

"응, 왜?"

"생각보다 귀여운데? 난 엄청 징그러울 줄 알았거든."

"……."

이안은 말을 잃었다.

'저게 어딜 봐서 귀엽다는 건데? 충분히 징그럽구먼.'

이안은 하린의 미적 기준이 비범하다는 것을 다시 한 번 확인할 수 있었다.

'날 좋아할 때부터 알아봤지만…….'

실없는 생각을 하며, 이안은 소환수들을 하나둘 소환하기 시작했다.

가신들은 전부 로터스 영지의 영지 복구 작업에 투입되어 있었기 때문에 데려오지 않았다.

"소환!"

우우웅—!

커다란 공명음과 함께 이안의 소환수들이 차례로 소환되었다.

카르세우스부터 시작해서 할리, 빡빡이 등이 차례로 소환되었고 마지막으로 뿍뿍이까지 소환을 마쳤다.

—불렀는가, 주인.

카르세우스는 인간형으로 폴리모프한 상태였지만, 뿍뿍이는 본체 그대로였기에 거대한 몸집을 자랑하고 있었다.

하지만 그럼에도 불구하고 차원 전쟁에서 활약할 때보다는 많이 작은 덩치였다.

이안이 뿍뿍이에게 물었다.

"야, 근데 너 좀 작아진 것 같다?"

―음, 그것은 당연하다. 당시에는 차원의 중재자로서 신의 가호를 받은 상태였다. 아마 그땐, 몸집도 더 컸을 것이고 지금보다 더 강력한 힘을 발휘할 수 있었겠지.

"음, 그렇군."

이안은 고개를 주억거렸다.

'하긴. 아무리 신화 등급이라고 해도 그땐 너무 말도 안 되게 강했어. 혼자서 여섯 마왕을 상대로 크게 밀리지 않고 싸울 정도였으니까.'

이안은 뿍뿍이의 정보 창을 한번 확인해 보았다.

뿍뿍이

레벨 : 212   분류 : 어비스 드래곤
등급 : 신화   성격 : 거만함
완전체
공격력 : 6,725   방어력 : 4,755
민첩성 : 3,328   지능 : 5,214
생명력 : 776,466/776,466
고유 능력
*드래곤 피어 (재사용 대기 시간 10분)
자신을 중심으로 반경 50미터 안에 있는 모든 적을 '공포' 상태에 빠지게 한다. 적보다 레벨이 높을수록 '공포'에 걸리게 할 확률이 높으며, '공포' 상태가 되면 100초 동안 뿍뿍이를 공격할 수 없게 된다.
(적의 면역력을 무시하고 적용된다.)
*드래곤 브레스 (재사용 대기 시간 120분)
전방 50미터 내의 부채꼴 범위에 강력한 용의 숨결을 내뿜는다. 뿍뿍이

의 공격력의 3,120퍼센트만큼의 위력을 가지며, 추가로 10초 동안, 위력의 60퍼센트만큼 지속 피해를 입힌다.
(유저를 상대로는 효과가 절반으로 줄어든다.)
—마력 강화
심연의 드래곤은 신령스러운 영물을 흡수할 때마다 더욱 강력해진다.
(영초나 영단을 먹을 때마다 방어력과 생명력, 그리고 공격력이 영구적으로 상승한다.)
현재 추가 공격력 : 3,882
현재 추가 방어력 : 3,168
현재 추가 생명력 : 277,715
—마법의 일족
드래곤은 태생이 '마법의 일족'이다.
완전체가 된 드래곤은 지능 능력치에 비례해 더욱 고위 마법을 사용할 수 있게 되며, 스킬 북을 통해 새로운 마법을 습득할 수도 있다.
(단, 마법사 클래스 유저가 사용하는 스킬보다는 그 위력이 떨어진다.)
*현재 습득 중인 마법
—폴리모프
—아이스 웨이브
—아이스 블래스트
—빙하의 장막
빙하의 장막은 가로 50미터 높이 20미터의 범위에 만들어지며, 어떤 투사체도 장막을 통과할 수 없다.
물의 장막은 5초 동안 지속된다.
(재사용 대기 시간 : 30초)
—심연의 축복
'심연의 귀룡'만의 고유 능력인, 심연의 축복이다.
심연의 축복을 사용하면 반경 30미터 이내의 모든 소환수들에게 0.33초마다 자신의 생명력의 2퍼센트(13,750)만큼의 고정 수치를 회복시켜 준다.
심연의 축복이 사용되는 동안 시전자는 아무런 행동도 할 수 없으며, 기절이나 혼란 등의 상태 이상이 걸리면 스킬이 중단된다.

(지속 시간 : 3분)
(재사용 대기 시간 : 15분)
무척이나 식탐이 많고 거만한 드래곤이다.
먹는 것을 좋아하며, 일하는 것을 싫어한다.
가장 좋아하는 음식은 '마약 미트볼'이다.

'음, 심연의 축복은 진화하기 전이랑 완전히 같고, 마력강화는 나태한 드래곤의 업그레이드 버전이네. 드래곤 브레스와 피어는 카르세우스가 가지고 있던 고유 능력이랑 비슷한 느낌이고. 브레스 계수가 조금 더 높은가?'

그리고 그 밑에 있는 '빙하의 장막' 능력도 뿍뿍이가 장착하고 있던 귀혼 아이템에 붙어 있던 '물의 장막'과 비슷해 보였다.

그중 가장 눈에 띄는 부분은 '마법의 일족'이라는 능력이었다.

'이게 진짜 사기네. 비록 위력이 좀 떨어진다고는 해도 마법사들이 사용하는 마법을 전부 배울 수 있다니.'

거기에 어마어마한 전투 능력치.

특히 7천에 가까운 공격력은 지금껏 듣도 보도 못한 수치였다.

여러 번에 걸쳐 뿍뿍이의 정보 창을 확인한 이안은 곧바로 카르세우스의 정보 창까지 옆에 띄워 보았다.

'마법의 일족 능력은 완전체가 된 드래곤에게는 전부 생기

는 능력이 아닐까?'

그리고 이안의 그 짐작은 정확히 맞아떨어졌다.

진화한 카르세우스의 다른 고유 능력들은 전부 진화 전과 다르지 않았다.

그런데 폴리모프 능력이 마법의 일족 능력으로 바뀌게 된 것이었다.

졸지에 강력한 마법사 둘을 거느리게 된 이안이었다.

'마법의 위력이 마법사 유저들보다 떨어진다는 소리는, 아마 계수가 좀 낮다는 이야기겠지?'

그리고 그 부족한 스킬 계수는, 어마어마한 전투 능력으로 충분히 메우고도 남을 것이다.

게다가 두 마리의 드래곤 모두 마법을 제외한 전투 능력도 괴물 같은 수준이었으니, 이안은 확실히 '신화 등급'의 위용을 실감할 수 있었다.

'카르세우스가 뿍뿍이보다 몸빵이 좀 약하고 민첩성이 훨씬 뛰어나네. 지능이나 공격력은 비슷한 수준이고…….'

그렇게 이안이 두 드래곤의 상태 창에 심취해 있었을 때, 하린이 그의 어깨를 잡아끌며 물었다.

"지, 진성아."

"응?"

"혹시, 저 커다란 드래곤이 뿍뿍이……인 거야?"

이안의 시선이 하린을 향해 옮겨졌다.

그리고 하린은 세상을 다 잃은 듯한 표정이 되었다.

"왜, 왜 그래, 하린아?"

"우리 뿍뿍이가 왜 저렇게……!"

"응?"

두 사람의 대화를 듣던 뿍뿍이가 거대한 몸을 숙여서 하린을 응시했다.

─왜 그러는가, 하린?

하린이 거의 울먹이는 표정으로 대답했다.

"내 귀엽던 뿍뿍이가……!"

이안과 뿍뿍이는 어리둥절한 표정이 되었고, 하린의 말이 이어졌다.

"못생겨졌어!"

─주인, 내가 진화하면서 청력이 좀 안 좋아진 게 분명하다.

"아니, 더 좋아졌을걸?"

─그렇다면 하린이 잘못 말한 게 분명하다.

"아니야, 하린이는 의사 전달을 정말 정확하고 명료하게 한 것 같은데."

─……!

뿍뿍이는 세상을 다 잃은 표정이 되었다.

그런 뿍뿍이를 보며, 이안은 혼자서 끅끅거렸다.

거대한 드래곤이 엉덩이를 깔고 주저앉아 시무룩한 표정이 되어 있는 것은, 충분히 희극적인 광경이었으니까.

하린이 자조적인 목소리로, 다시 한 번 중얼거렸다.

"뿍뿍이가…… 우리 뿍뿍이가…… 못생겨졌어."

뿍뿍이는 연이은 하린의 공격에 격렬하게 저항했다.

─못생겨진 게 아니라 멋있어진 거다!

이안의 소환수들 중 유달리 외모에 집착이 많았던 뿍뿍이는 하린의 외모 평가를 도저히 인정할 수 없었다.

어비스 드래곤으로 진화한 이후, 뿍뿍이는 개인적으로 자신의 외모에 무척이나 만족하고 있었다.

그랬기에 더욱 커다란 충격으로 다가왔다.

잠시 동안 혼자 킥킥거리며 뿍뿍이의 고뇌를 지켜보던 이안이 뿍뿍이에게 슬쩍 다가가며 말했다.

"야, 뿍뿍아."

그에 뿍뿍이가 우울한 목소리로 대꾸했다.

─왜 부르는가, 주인.

이안이 은근한 목소리로 말을 이었다.

"이 난관을 타개할 비책이 있어."

─그게 무슨……?

"뿍뿍이 너, 폴리모프할 수 있잖아. 다른 모습으로 변하면 되지."

하지만 이안이 해결책을 알려 줬음에도, 뿍뿍이는 여전히 우울한 표정이었다.

뿍뿍이가 다시 진지한 표정으로 입을 열었다.

─주인아.

"응?"

─내가 진짜 못생겼나?

뿍뿍이의 눈망울이 떨리고 있었다.

그러나 이안은 냉정하게 대답했다.

"응, 못생겼어."

─…….

사실 뿍뿍이는 못생기지 않았다.

어비스 드래곤이 된 뒤 오히려 뿍뿍이의 외모는 간지가 철철 흘러넘치는 위압적인 드래곤의 모습 그 자체였다

하지만 이안은 진실을 얘기해 주지 않았다.

'왜냐면, 나도 귀여운 뿍뿍이가 좋으니까!'

사실 이안에게 멋짐을 담당하는 소환수들은 이미 차고 넘칠 정도였다.

블랙 드래곤인 카르세우스나 펜리르의 제왕인 라이, 신수 그리핀인 핀 등 이미 충분했던 것.

이안은 폴리모프 능력이 생긴 김에, 뿍뿍이를 예전의 대두 거북이로 돌려놓고 싶었다.

'그러다가 전투할 때만 본체로 현신하는 거지. 반전 매력

도 있고 얼마나 좋아.'

이안은 뿍뿍이를 설득하기 시작했다.

"뿍뿍아, 너 거북이 시절 기억나지?"

뿍뿍이가 힘없이 대답했다.

─물론이다.

"넌 그때가 제일 잘생겼었던 것 같아."

─……?

어이없다는 표정으로 이안을 응시하는 뿍뿍이를 보며 그
의 설득이 다시 시작됐다.

"그때 넌, 세상에서 가장 잘생긴 거북이였어."

그 말에 뿍뿍이가 바로 반박했다.

─왜 말을 바꾸냐, 주인아?

뿍뿍이가 멀뚱히 서 있는 빡빡이를 한차례 응시하며 말을
이었다.

─그때 주인은 분명 빡빡이가 가장 멋진 거북이라고 했었다.

진화를 거듭한 뒤, 그래도 조금은 똑똑해진 뿍뿍이였다.

하지만 이안은 뿍뿍이의 머리 꼭대기에 있었다.

"그렇지. 그때 네 유일한 라이벌이 바로 빡빡이였지."

─맞다. 빡빡이는 내 라이벌이었다.

"하지만 그건 네가 미트볼을 너무 많이 먹어서 살이 좀 쪄
서 그랬던 거고."

뿍뿍이의 흔들리는 눈빛을 확인한 이안은 강하게 밀어붙

이기 시작했다.

"게다가 이제 빡빡이는 진화해서 더 이상 거북이가 아니다. 귀룡이지."

이안이 거대한 뿍뿍이의 옆으로 다가가 귀에 대고 소근거렸다.

"그리고 빡빡이도, 덩치가 커지면서 예전의 잘생김은 이제 없어."

뿍뿍이의 동공이 가늘게 떨리기 시작했다.

−그, 그럼……!

이안은 뿍뿍이가 거의 넘어왔음을 직감했다.

"날 처음 만났을 때 그 매력 넘치던 심연의 거북으로 돌아가자, 뿍뿍아. 넌 세상에서 가장 잘생긴 거북이야."

세상에서 가장 잘생긴 거북이.

이안의 마지막 이 한마디는, 뿍뿍이로서는 도저히 거부할 수 없는 매력적인 말이었다.

거의 '외통수'랄까.

하린은 옆에서 두 주종 간의 대화를 흥미진진하게 보고 있었고, 잠시 고민하던 뿍뿍이의 입이 천천히 열렸다.

−역시…… 그런 것인가!

허탈한 듯 우수에 젖은 눈빛으로 허공을 응시하던 뿍뿍이의 거대한 몸이, 새하얀 빛에 휩싸이기 시작했다.

우우웅−!

허공에 커다란 공명음이 울려 퍼지며, 그와 함께 뿍뿍이의
거구는 빠르게 작아졌다.

그리고 잠시 후, 리즈 시절로 돌아온 뿍뿍이의 입에서 한
마디가 흘러나왔다.

"뿍."

차원의 구슬을 작동하기 위해 필요한 차원 마력을 다 모으
기 위해서는, 일주일이라는 시간이 필요하다.

그리고 그 일주일이라는 주기는 자연스레 이안이 길드 내
정에 참여하는 주기가 되었다.

이안은 일주일마다 한 번씩 영지를 돌며 내정을 점검했고,
메시지를 통해 피올란과 헤르스, 카윈 등과 함께 길드전 준
비에 대한 계획을 차근차근 진행했다.

차원의 구슬로 생성한 포털의 지속 시간이 길지 않았기에,
이안은 항상 번갯불에 콩 볶아 먹듯 빠르게 내정을 돌고 사
라졌다.

그리고 당연한 얘기겠지만, 그 외의 시간은 전부 마수 연
성술 노가다에 투자되었다.

"하린아, 광휘의 화살로 몇 대 쳐 봐. 내가 치면 저놈 죽을
것 같아."

"알겠어!"

퍼엉-!

처음에는 깍두기 포지션으로 데려온 하린이었지만, 그녀는 이안의 연성술 노가다에 제법 도움이 되었다.

마수를 연성하자면 먼저 포획이 선행되어야 하고, 그러기 위해서는 마수를 빈사 상태로 만들어야 한다. 그러나 상급 마수는 몰라도 중급이나 하급 마수들은 이안의 공격을 버티지 못하고 죽어 나가기 일쑤였다.

특히 하급 마수들은 정말로 창질 한 방에 죽어 버리기 때문에 포획이 거의 불가능했는데, 하린이 때려 주면 대미지를 입힐 수 있었던 것이다.

그리고 결정적으로 가장 도움이 되었던 것은, 생각지도 못했던 하린의 '요리'였다.

"진성아, 나 레시피 새로 개발했어!"

"음, 그거 뭐야? 스프?"

"맞아, 스프야."

"냄새는 그럴싸한데…… 색깔이 왜 이래? 브로콜리 스프 같은 건가? 초록색이네?"

"브로콜리 스프는 아니고, 굳이 이름을 짓자면, 케일로프의 점액 스프? 그래, 요리 이름을 그걸로 해야겠어."

"으에엑?"

케일로프는 오늘도 하루 종일 이안이 사냥하고 포획했던

중급 마수의 이름이었다.

케일로프는 거대한 아나콘다 같은 외모를 가진 마수로 온몸에 독성을 가진 점액이 흐르며 입으로도 그 점액을 방사하는 상대하기 까다로운 마수였다.

중급 마수 치고는 연성 숙련도를 많이 올려 주는 편이라 지금까지 계속 포획하던 녀석이었는데, 하린이 이 녀석의 점액을 채취해 레시피를 만들어 낸 것이었다.

이안이 당황한 표정으로 하린에게 물었다.

"야, 이거 먹어도 되는 거야? 무슨 독극물로 음식을 만들고 그래?"

하린이 당연하다는 듯 대답했다.

"당연히 먹으면 안 되지, 무슨 소리 하는 거야?"

"음······?"

"독극물로 만든 음식인데, 독이 없겠어? 아마 이거 다 마시면, 너도 빈사 상태까지 가게 될걸?"

이안은 어이가 없었다.

"뭐야, 그럼 왜 만든 건데?"

하린이 뿌듯한 표정으로 대답했다.

"그거야, 네 마수 포획에 도움을 주기 위해서지!"

"으응?"

하린은 스프가 가득 담겨 있는 유리병을 이안에게 하나 건네었다.

"자, 한번 아이템 정보 확인해 봐."

이안은 감이 잘 오지 않았지만, 일단 유리병을 받아서 아이템의 정보를 확인해 보았다.

케일로프의 점액 수프

분류 : 독액   등급 : 고급
제조 점수 : 1,195   가치 : 44,235골드
포만감 : +60

마계 107구역에 서식하는 중급 마수인 '케일로프'의 점액을 가공하여 만든 수프이다.

독성이 가득한 케일로프의 점액을 여러 차례 가공하여 만든 뛰어난 독액으로, 한 모금만 마셔도 '중독' 상태에 빠지게 된다.

마수들이 좋아하는 맛과 냄새를 가지고 있다.

초급 '독 제조술'을 가진 유저에 의해 제조된 독액이다. 하지만 제조 숙련도에 비해 높은 손재주로 인해, 뛰어난 독액이 제조되었다.

고유 능력

섭취 시 '중독' 상태에 빠지게 되며, 초당 최대 생명력의 0.3퍼센트만큼씩 생명력이 감소하게 된다.

단, 생명력이 5퍼센트 이하로 떨어지면 더 이상 생명력이 감소하지 않으며, 모든 움직임이 50퍼센트 느려지게 된다.

(지속 시간 : 1,850초)

"오오!"

아이템의 정보를 확인한 이안은, 자신의 마수 포획을 돕겠다는 하린의 말의 의미를 곧바로 깨달을 수 있었다.

하린이 의기양양한 표정으로 물었다.

"어때? 이 정도면 충분히 도움이 되겠지?"

"도움이 되다마다! 이거 엄청난데?"

카일란에서는 같은 상태 이상이라 하더라도 그 효과가 천차만별이었다.

특히 '중독'의 경우 상급 상태 이상과 하급 상태 이상 사이의 위력 차이가 어마어마했으며, 지금 하린이 만들어 낸 독액은 위력 면에서 그리 뛰어난 수준이 아니었다.

초당 0.3퍼센트만큼의 생명력을 빼앗아 가는 정도로는 실전에서 써먹는 것이 거의 불가능했으니까.

하지만 지금의 이안에게는 무척이나 유용한 성능이라고 할 수 있었다.

'어쨌든 최대 생명력의 0.3퍼센트씩 깎는 거니까 300~400초 정도면 빈사 상태가 되긴 할 거고…….'

지속 시간도 30분이 넘는 수준이었으니, 마수들에게 먹여 놓고 기다리면 알아서 포획하기 딱 좋은 상태로 생명력이 줄어들 것이었다.

이안이 다시 한 번 감탄했다.

"하린아, 이거 엄청난데?"

이안의 칭찬에, 하린이 헤실헤실 웃으며 대답했다.

"히히, 그렇지? 이거 레시피 제조하는데 애 좀 먹었다구."

"그런데 하린이 너, 독 제조술은 언제 배운 거야? 이런 생산 스킬이 있다는 얘기는 들어 본 적이 없는데?"

순간 섬뜩한 상상이 이안의 뇌리를 스치고 지나갔다.

'혹시 말 안 들으면 독살이라도 하려는 건가? 데이트 안 하고 계속 게임하면, 음식에 독을 바를지도 몰라……!'

두려움에 떠는 이안과는 별개로, 해맑은 하린의 대답이 이어졌다.

"내가 마계에 처음 왔잖아."

"그, 그렇지?"

"그러니까 인간계에는 없던 새로운 식재료들이 널려 있더라고."

"으응."

"그래서 이것저것 조합해서 요리 레시피를 만들어 보고 있었는데, 그러다가 어젠가? 갑자기 독 제조술이라는 히든 스킬이 생겼어."

"오호……?"

하린의 얘기를 들으며, 이안은 또 하나의 새로운 사실을 깨달았다.

'하린이 말대로라면 내 생산 클래스인 역술가도 같은 방식으로 히든 스킬을 얻을 수 있을지 모른다는 얘긴가?'

한동안 소환수 아이템 제작을 소홀히 했던 이안은, 그동안의 안일함을 자책했다.

'크으, 그동안 내가 너무 나태했어. 퀘스트를 진행하면서도 노가다는 계속 했어야 했던 건데.'

노가다를 1분 쉰다는 것은, 그만큼 손해를 본다는 이야기.

'그동안 부적 제작 스킬을 열심히 연마했다면, 나도 뭔가 새로운 히든 스킬 같은 것을 얻었겠지?'

이안은 주먹을 불끈 쥐었다.

"아, 아직도 갈 길이 멀구나!"

이안의 뜬금없는 중얼거림에 하린이 의아한 표정으로 물었다.

"뭐가?"

"아, 아냐. 그런 게 있어."

대충 얼버무린 이안은, 하린이 만들어 준 독액을 들고 걸음을 옮기기 시작했다.

"진성아, 어디 가는 거야?"

"마수들 간식 주러 가."

이안의 마수 연성 노가다는, 한 달이 지나도록 계속되었다.

연성술에 마룡 칼리파의 영혼을 담기 위해서는 10레벨이라는 연성 레벨이 필요했고, 그것은 거의 연성술의 정점을 찍는다는 말과 같았기 때문이었다.

아무리 이안이라도 6레벨이었던 연성술을 순식간에 10레벨로 만드는 것은 쉽지 않은 일이었다.

'어쨌든 10레벨이 지금 드러나 있는 최고 레벨인데…… 오

히려 지금 숙련 경험치 채우는 속도가 느린 게 아니라 빠른 건지도.'

사실 정말로 10레벨이 연성술로 도달할 수 있는 최고의 경지라면, 이안이 이렇게 속성으로 레벨 업할 엄두조차 나지 않을 정도의 경험치가 필요해야 했다.

하지만 이안은 한 달여 만에 무려 9레벨을 찍는 데 성공했고, 이제 보름 정도만 더 노가다를 하면 10레벨도 가능할 것 같았다.

'그 뒤에 뭐가 있든 일단 10레벨을 찍고 전설, 혹은 신화 등급의 마수를 만들어 내는 게 지금은 가장 중요하니까.'

소환술도 그렇고, 검술, 궁술 등의 전투 클래스 숙련도는 마스터를 찍은 후에도 계속 숙련 레벨이 올라간다.

마수 연성술도 아마 10레벨까지 찍고 나면 뭔가 다른 경지가 나타나리라.

그러나 연성술 9레벨을 찍고 이틀 정도가 지나자, 이안은 10레벨의 벽이 생각보다 높다는 것을 느끼게 되었다.

지금껏 해 왔던 것처럼 하급~상급의 마수들을 잡아다 연성하는 것으로는 숙련도가 잘 오르지 않았던 것이다.

특히 하급 마수의 연성은 경험치를 아예 주지 않았다.

이안은 마수 연성으로 획득한 숙련도 경험치를 분석해 보았다.

그리고 몇 가지 특이한 점을 발견할 수 있었다.

"으음…… 그런데 여기 이 케이스랑 저 케이스는, 둘 다 상급 마수를 연성한 건데 경험치가 왜 이렇게 많이 차이 나는 거지?"

그리고 어렵지 않게 그 이유를 깨달을 수 있었다.

"아, 지금껏 연성해 보지 못한 새로운 마수를 연성했을 때 경험치를 훨씬 많이 주는구나. 등급이 높은 마수일수록 획득하는 경험치 상승폭도 더 올라간 것 같고."

이러한 숙련도 경험치 변동은, 9레벨이 된 이후에 생긴 변화였다.

그렇다면 결론은 간단했다.

이제는 양보다는 질이 중요하게 된 것이었다.

'결국 더 안쪽으로 내려가야 하겠어.'

이안이 말하는 안쪽이란, 더 낮은 번호대의 마계 구역.

'위험하지만 어쩔 수 없지.'

사실 이안이 백 번대의 마계구역에서 비교적 약한 마수들을 연성하며 숙련도를 올린 것에는, 효율이 좋다는 것 외에도 다른 이유가 있었다.

차원 전쟁이 끝난 지금, 인간계 유저가 마계 안에서 마족 유저들이나 파괴마에게 발각되는 것은 무척이나 위험할 것이라고 생각했기 때문이었다.

게다가 이안은 현재 마족들의 숙적이라 할 수 있는 인물이 아닌가?

이안은 하린을 먼저 중부 대륙으로 돌려보내기로 결정했다.

"하린아."

"응?"

"나 이제 좀 더 위험한 곳으로 가야 해서, 너 먼저 중부 대륙에 돌아가 있을래?"

하린의 표정이 곧바로 시무룩해졌다.

"힝, 꼭 그래야 해?"

이안이 미안한 표정으로 대답했다.

"응, 이제 여기서 숙련도가 잘 안 오르네."

"그럼 어쩔 수 없지 뭐."

이안은 곧바로 차원의 구슬을 통해 차원문을 열었고, 대충 정리를 마친 하린이 차원문을 향해 걸어갔다.

그리고 차원문에 들어서기 직전, 하린은 뭔가 생각났는지 이안을 돌아보며 말했다.

"아, 맞다, 진성아."

"응?"

하린이 한 글자씩 힘주어 말했다.

"너, 나 없다고 수업 빼먹고 그러면 안 돼. 내가 유현이한테 다 물어볼 거야."

이안의 등줄기를 타고 식은땀이 주르륵 흘러 내려갔다.

"아, 알겠어. 걱정하지 마. 안 그래도 1학년 때 구멍 난 학점이 너무 많아서, 2학년 땐 어느 정도 메워 볼 생각이라……."

이안의 말을 들은 하린의 표정이 한결 밝아졌다.

"좋아! 그럼 한번 믿어 볼게."

하린이 차원문을 통해 사라진 뒤, 이안은 소름이 돋았는지 몸을 부르르 떨었다.

'으, 내일 오전 VR시스템 수업 빼먹으려 했었는데…… 대체 어떻게 안 거지?'

하린의 통찰력에 감탄한 이안은, 걸음을 돌려 움직이기 시작했다.

그가 향한 곳은 세르비안의 연구소였다.

"오, 이안, 정말 오랜만에 보는군!"

세르비안은 이안을 무척이나 반갑게 맞아 주었다.

그리고 이안 또한 오랜만에 보는 세르비안이 반가웠다.

이안의 카일란 인생에 세르비안만큼 이안과 죽이 잘 맞았던 NPC도 드물었기 때문이다.

세르비안은 이안에게 있어서 게임 연구의 소울메이트라 할 수 있었다.

"그러게요. 그간 좀 바쁜 일이 많았네요."

이안은 피식 웃으며 날짜를 세어 보았다.

'거의 몇 달 만인가?'

한 달 전 노가다를 하러 처음 마계에 왔을 때, 이안은 원래 '칼리파의 영혼 결정'에 대해 묻기 위해 세르비안에게 가장 먼저 들르려고 했었다.

하지만 어차피 연성술 숙련도 10레벨이 되기 전에는 사용할 수 없는 아이템이었고, 그랬기에 노가다부터 먼저 한 것이었다.

그래서 다시 계획을 변경해 노가다로 10레벨을 먼저 찍은 뒤 이곳에 오려고 했었지만, 그러기 위해서는 더 깊은 마계로 내려가야 했기 때문에 일단 세르비안을 찾아온 것이다.

이런저런 생각을 하는 이안을 보며, 세르비안이 실소를 흘렸다.

"자네 바빴던 것이야 아주 잘 알고 있다네."

"예에?"

세르비안의 입에서 의외의 말이 나오자, 이안은 벙찐 표정이 되었다.

세르비안의 말이 이어졌다.

"마계 변방의 연구소 안에만 틀어박혀 있었다고 해서, 바깥 소식에 대해 모를 것 같은가?"

"으음……."

"천신의 군대까지 움직인 데다 심연의 힘을 다시 깨워 내고, 그거로도 모자라 내 역작인 칼리파까지 처치한 게 바로 자네라지?"

세르비안의 두 눈이 반짝였다.

그리고 이안은 순간, 뭐라 대답해야 할지 잠시 말문이 막혔다.

'이거 뭐라고 얘기해야 해? 반마 출신이긴 하지만 어쨌든 지금은 세르비안도 마계에 터전을 가진 어엿한 마족의 일원 인데…….'

당연하겠지만 이안은 자신이 마족들의 공적일 것이라 생각했고, 그렇기에 말 한 마디 한 마디가 조심스러웠다.

하지만 달리 선택지는 없었다.

어차피 세르비안은 모든 것을 다 알고 있었으니까.

"뭐…… 그렇게 됐습니다. 제가 반마이기는 하지만, 이전에 인간이니까요. 마족에 터전을 잡으신 세르비안 님과는 다르게 저는 인간계에서 살아갈 예정이거든요."

이안의 말에 오히려 의아한 표정이 되었던 세르비안은, 곧 너털웃음을 터뜨렸다.

"크하핫, 난 또 무슨 말을 그리 거창하게 하나 했네."

"예?"

아직도 웃음기를 지우지 못한 얼굴로 세르비안이 입을 열었다.

"자네, 이 마계라는 거대한 차원계에 제1 순위로 통용되는 법칙이 뭔지 알고 있는가?"

"음……."

이안이 잠시 생각하는 듯했지만, 세르비안은 대답을 기다리지 않고 곧바로 말을 이어 갔다.

"그것은 바로 '강자존'의 법칙일세."

"강자존요?"

"그래. 자네도 알고 있지 않은가. 이 마계에서는, 힘이 곧 법이야."

이안은 고개를 끄덕였다.

"그런 얘기를 들은 적은 있습니다. 한데 그게 무슨 관련이……."

이안의 말을 끊으며, 세르비안이 설명했다.

"그리고 마족들은 또한 무척이나 개인주의적이야."

"음?"

"자기 자신과 직접적으로 관련된 일이 아니라면, 신경조차 잘 쓰지 않는다는 이야기일세."

이안은 세르비안이 무슨 말을 하려는 건지 짐작할 수 없었기 때문에, 아무 말 없이 그의 설명을 경청했다.

"그러니까 더 쉽게 말하면, 자네가 아무리 차원 전쟁에서 마족들과 마수들을 도륙한 전적이 있다고 하더라도 차원 전쟁에 참전하지 않았던 마족들은 자네 얼굴은커녕, 이름조차도 모를 것이란 말일세."

"아하."

"그리고 안다고 하더라도 자네에게 해코지를 한다거나 보복을 하고 싶어 하는 녀석들도 없을걸?"

"그건 좀 신기하네요."

"아마 어떤 마족이 자네에게 시비를 건다면, 그것은 자네에게 보복 같은 것을 하려는 것이라기보다, 순수한 호승심 때문일 확률이 더 높다는 말이지."

세르비안의 얘기를 들으며, 이안은 조금 마음이 놓이는 것을 느꼈다.

'세르비안의 말이 사실이라면, 좀 더 운신의 폭을 넓혀도 되겠어.'

이안은 가장 걱정되었던 부분이 해결되는 기분이었다.

만약 고위 마족에게 정체를 들켜 다굴이라도 맞으면 이안으로서도 꼼짝없이 당할 수밖에 없었는데, 적어도 그럴 염려는 이제 없다는 것이었으니까.

'마족 유저들만 조심하면 되겠어.'

생각은 그렇게 했지만, 사실 마족 유저들도 별로 걱정거리가 아니었다.

마족 유저들 중에 가장 강력한 수준이라고 해 봐야 이라한 정도일 텐데, 이제 이라한 정도는 두엇이 한 번에 덤벼도 별로 무섭지 않았던 것이다.

"그런데 이안 자네, 여기는 어떻게 온 건가?"

"예?"

"아니, 나는 인간계로 통하는 차원이 전부 닫혔다고 들었거든. 자네가 마왕급의 권능을 가진 것도 아닐 텐데, 어떻게 차원계를 넘어올 수 있었는지가 궁금해서 말이지."

"아, 그건…… 제게 대현자로부터 받은 아티팩트가 있거든요. 그게 있으면 한정적으로 차원 이동도 가능해요."

"아하, 그렇구먼."

세르비안은 그에 대해 더 캐묻지 않았다.

오랜만에 만난 이안에게 궁금한 것이 산더미처럼 많았기 때문이었다.

세르비안은 자신의 작품인 칼리파와의 전투와 이안이 지금까지 연성에 성공한 마수들에 대한 이야기를 궁금해했고, 그 궁금증을 모두 풀어 준 이안은 곧 본론으로 들어갔다.

"그런데 세르비안 님."

"말씀하시게."

"제가 칼리파를 사냥하고, 그로부터 얻은 '물건'이 하나 있습니다."

"물건?"

세르비안의 주름진 두 눈이 초롱초롱 빛나기 시작했다.

그가 알기로 고금을 통틀어 최강의 반열에 오른 마수였던 마룡 칼리파.

그런 칼리파를 사냥하고 얻은 물건이라면, 대단한 물건일 것임이 분명했기 때문이었다.

그리고 이안이 꺼내어 든 영혼 결정을 확인한 순간, 세르비안은 더욱 경악했다.

"이, 이건……!"

"왜 그러십니까?"

세르비안이 이안을 응시하며 떨리는 목소리로 말을 이었다.

"자네 정말 운이 좋구먼!"

"예?"

이안의 반문에도 아랑곳 않고, 세르비안은 계속해서 중얼거렸다.

"이럴 수가. 영혼 결정이라니. 그것도 신화 등급의 영혼 결정……. 이런 물건을 살아생전 보게 될 줄이야."

더욱 궁금해진 이안은 세르비안을 재촉했다.

"이 물건이 그렇게 대단한 물건인가요?"

이안이 묻자마자 세르비안이 쏘아붙이듯 대답했다.

"하, 자네 지금 그걸 말이라고 하나?"

잠시 흥분을 가라앉힌 세르비안이 차분히 설명을 이어 가기 시작했다.

"이안 자네, 지금까지 마수들을 몇 마리 정도 사냥한 것 같나?"

다소 뜬금없는 질문이었지만, 무슨 이유가 있을 것이라 생각하며 이안은 머리를 열심히 굴렸다.

'음…… 1천 마리는 확실히 넘었을 테고, 3천? 4천?'

이안의 생각을 읽기라도 했는지 세르비안이 다시 입을 열었다.

"모르긴 몰라도, 최소 1천 마리는 넘게 사냥했을 거야. 그렇지?"

이안이 고개를 끄덕였다.

"아마도 그렇지 않을까요?"

세르비안의 말이 이어졌다.

"그럼 지금까지 마수들을 사냥하면서, 마수의 영혼 결정이 드롭된 것을 본 적이 있는가? 있다면 몇 번 정도 있는가?"

이안은 기억을 더듬어 보았다.

확실히 일전에도 다른 마수의 영혼 결정을 획득해 본 경험이 있기는 했다.

"그러고 보니, 한 서너 번 정도 있는 것 같네요. 등급은 유일 등급이나 영웅 등급이었던 것 같군요."

이안의 말에 세르비안이 고개를 주억거렸다.

"맞아, 그랬겠지. 영혼 결정은 중급 이하의 마수들은 드롭하지 않는 아이템이니 말이야."

세르비안은 계속해서 열변을 토했다.

"자네가 사냥한 마수들 중 상급 이상의 마수들만 추려도 1천 마리는 족히 넘을 거야. 그렇지?"

"예, 아마 2~3천 마리는 되지 않을까요?"

"정확히 몇 마린지는 중요하지 않고, 어쨌든 자네는 1천 마리가 넘는 마수들을 사냥해서 지금까지 영혼 결정을 3~4

회밖에 획득하지 못했네. 이게 무슨 의미인지는 자네가 더 잘 알겠지."

그 말을 듣는 순간, 이안은 세르비안이 왜 이렇게 흥분한 건지 곧바로 이해할 수 있었다.

'듣고 보니 그러네? 낮게 잡아서 내가 상급 이상의 마수를 1천 마리 사냥했다고 가정해도, 영혼 결정의 드롭률은 끽해야 0.3퍼센트~0.4퍼센트 정도. 그런데 그 드롭률이 마룡 칼리파를 사냥할 때 터진 거라면……!'

마수 연성 레시피

Taming Master

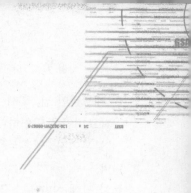

  이안은 지금까지 획득했던 영혼 결정들은, 바로 그 자리에서 연성에 사용해 버렸었다.

  끽해야 유일~영웅 등급의 영혼석들이었고, 그것들은 어차피 최상급 이상의 마수들을 연성하는 데는 아무런 도움이 되지 않았으니까.

  영혼 결정이 하는 역할에 대해 크게 생각해 보지 않은 채, 잡템처럼 그냥 사용해 버렸던 것이었다.

  여기까지 생각이 미치자 이안은 과거 데빌 드래곤을 사냥했을 때 얻었던 몇 조각의 영혼석들이 떠올랐다.

  '혹시 영혼석과 영혼 결정에도 어떤 상관관계가 있는 걸까?'

  이안은 곧바로 세르비안에게 물었다.

"세르비안 님, 혹시 영혼석에 대해서도 알고 계신가요?"

세르비안은 당연하다는 듯 고개를 끄덕였다.

"물론이지. 영혼석은 영혼 결정만큼 희귀한 아이템은 아니야."

그 말에 이안은 조금 아쉬운 표정이 되었다.

이안이 가지고 있는 영혼석들은, 중상급의 마수들을 사냥해서 얻었었던 영혼 결정들과는 달리 전설 등급의 마수를 사냥해서 얻은 것이기 때문이었다.

"역시…… 그렇죠?"

"영혼석은 전설 등급 이상의 마수만이 드롭하는 아이템이지. 대신 드롭율은 50퍼센트도 넘었던 걸로 기억해."

"아하."

"내 기억에 수백 조각을 모아야 전설 등급 마수 하나를 소환할 수 있는 아이템인데, 드롭율마저 낮다면 그건 좀 너무한 거지."

영혼석에 대한 설명을 짧게 마친 세르비안은 다시 영혼 결정이 얼마나 희귀하고 값진 물건인지에 대해 열변을 토했다.

"그냥 최대한 쉽게 말해 주겠네. 신화 등급 마수의 영혼 결정은 전설 등급 마수 두 마리를 연성하는 데 성공하기만 하면, 무조건 신화 등급의 마수가 탄생하게 해 주는 물건이라는 말이네."

"확실히 대단한 물건이긴 하네요."

"그렇지. 내가 수백 년이 넘게 마수 연성을 연구했지만, 지금껏 신화 등급의 마수 연성에 성공한 것은 단 한 번뿐이야."

"칼리파요?"

"그렇지. 그것마저도 불완전한 성공이었지. 놈은 내 통제를 벗어났고, 날 마정 안에 가둔 뒤 폭주했으니 말이야. 그런데 네놈은 그 물건 하나면 매우 높은 확률로 신화 등급의 마수를 만들 수 있을 테니, 내가 배가 안 아픈 게 이상하지."

이안이 뒷머리를 긁적이며 물었다.

"에, 그런데 아까는 무조건 신화 등급의 마수가 만들어진다고 하셨는데 이번에는 왜 100퍼센트가 아닌 매우 높은 확률인가요?"

세르비안이 투덜거리며 대답해 줬다.

"그야 연성 자체가 실패할 확률이 있으니까 그렇지. 연성에 성공했을 때 무조건 신화 등급의 마수가 나오게 해 주는 아이템이라는 말이지, 연성까지 무조건 성공시켜 주는 아이템은 아니야."

"아하, 연성에 실패하면 영혼 결정도 사라지나요?"

세르비안이 고개를 끄덕였다.

"물론."

"으…… 그럼 어떻게든 성공률을 최대치까지 끌어올린 상태에서 연성을 시도해야겠네요."

"당연하지. 연성을 시도하기 전에 연성술 숙련도는 무조건

10레벨 맥스로 찍어야 하고, 전설 등급의 마령석도 최소 서른 개 정도는 모아 놔야 할 거야."

마령석은 마수를 분해해서 얻을 수 있는 아이템으로 마수 연성에 투입할시, 연성술의 성공률을 높여 주는 소모 아이템이었다.

이안은 당연히 알고 있는 부분이었기에 고개를 끄덕였다.

생각을 정리한 이안이 가장 원론적인 질문을 했다.

"그렇다면 세르비안 님."

"응?"

"최고의, 최강의 마수를 연성하기 위해선 제가 무슨 준비를 해야 할까요?"

이안의 물음에 잠시 벙찐 표정으로 있던 세르비안은, 곧 호탕하게 웃으며 대답했다.

"크하하핫, 역시, 내가 제자 하나는 확실히 잘 둔 것 같단 말이지. 좋아, 좋아. 나 세르비안의 제자라면 그 정도의 포부는 있어야지."

"물론이죠. 게다가 이렇게 사기적인 재료도 얻었는데, 이런 물건이 주어져도 최강의 마수를 못 만든다면 연성술사 접어야죠."

이안의 패기에 감복한 세르비안은, 그를 적극적으로 돕기로 결심했다.

"그런데 이안 자네……."

"예?"

"지금 마수 연성술의 숙련도는 몇 레벨까지 올렸는가? 내 생각에 아직 5레벨도 못 찍었을 것 같은데 말이야. 그동안 차원 전쟁도 있었고, 이것저것 바쁜 일이 많았을 텐데. 그렇 다면 일단 숙련도부터 올리는 게 어떤가?"

이안이 해맑은 목소리로 대답했다.

"저, 지금 9레벨 12퍼센트까지 올렸는데요? 한 달 내로 10 레벨 100퍼센트까지 찍어 오면 되는 거죠?"

"……!"

마계에서 열심히 노가다 중인 이안과는 별개로, 헤르스와 피올란은 로터스 길드의 왕국 선포를 위한 물밑 작업을 분주 히 준비 중이었다.

그리고 그 첫 번째 단계인 랭커 길드 흡수는, 생각보다 더 순조롭게 진행되고 있었다.

"그러니까…… 우리더러 로터스 길드에 흡수되라는 말입 니까?"

"그래요. 우리 로터스 길드는 곧 길드 전쟁을 시작할 거예 요. 그리고 그때 불필요한 소모전을 하고 싶지 않아요."

"으음……."

길드 마스터였던 마틴을 비롯한 수뇌부들이 마계로 빠져나간 뒤, 현재 스플렌더 길드의 1인자는 광전사 클래스 랭킹 1위로 유명한 유저인 '세이조'였다.

그리고 피올란은 스플렌더 길드의 알짜배기 랭커들을 흡수하기 위해 세이조를 직접 찾은 것이다.

"세이조 님쯤 되면 우리 로터스 길드의 실질적인 전력이 드러난 게 다가 아니라는 정도는 아마 아실 거고……."

"그렇죠. 최소한 루스펠 제국 소속 길드 중에는, 이제 로터스 길드와 맞먹을 만한 세력을 가진 길드는 없을 겁니다."

"잘 아시네요. 이야기가 편하겠어요."

피올란이 입가에 미소를 띠며 말을 이었다.

"스플렌더 길드가 우리 로터스에 병합된다 하여도, 본래 가지고 있던 영지들은 기존의 영주께서 그대로 통치하게 해 드릴 겁니다. 또, 그 능력만 확인된다면, 기존의 길드원들과 차별 없이 그에 맞는 직책과 보상을 드릴 거고요."

"흠, 확실히 괜찮은 제안인 것 같군요."

세이조는 이전의 길드 마스터인 마틴과 비교하더라도 크게 그 능력이 떨어지지 않는 최정상급의 유저였다.

하지만 그는 길드와 같은 단체를 운영하는 것을 별로 좋아하지 않았고, 그저 편히 몸담을 곳이 필요했기 때문에 피올란의 제안이 솔깃한 것이었다.

그리고 현재 스플렌더 길드에는 그러한 랭커들이 제법 많이 남아 있었다.

"제 제안을 받아들이신다면 후회하실 일은 없을 거예요."

세이조가 천천히 고개를 끄덕였다.

"돌아가서 길드원들을 한번 설득해 보도록 하죠."

피올란이 의미심장한 미소를 지으며 한마디 덧붙였다.

"만약 길드 여론이 여의치 않다면 개별적으로 넘어오셔도 됩니다. 우리 로터스 길드의 문은 열려 있으니까요."

세이조가 피식 웃으며 대답했다.

"다시 연락드리도록 하죠."

루스펠 소속의 다른 랭커 길드들 또한 스플렌더와 크게 다르지 않은 상황이었다.

특히 사무엘 진이 길드 마스터로 있었던 오클란 길드는 거의 대부분의 실질 수뇌부가 전부 마계로 빠져나갔기 때문에, 더욱 쉽게 피올란의 제안을 받아들였다.

'스플렌더, 오클란 그리고 밸리언트 정도만 흡수하면, 그 이상은 사실 필요 없지.'

피올란은 최대 다섯 개 정도의 랭커 길드만 합병을 시도할 생각이었다.

어차피 수용할 수 있는 인원에도 한계가 있었기에 그 이상은 무리였다.

'어중이떠중이들 받아 봐야 도움도 안 될 거고……'

그나마 이렇게 대규모 합병이 가능한 이유도, 곧 로터스 길드가 공국을 선포할 예정이기 때문이었다.

현재 로터스 길드의 등급인 '대영지' 등급만 하더라도 충분히 규모가 큰 편이었지만, '공국' 등급으로 랭크 업이 되면 대영지에 비해 두세 배 가까운 인원을 수용할 수 있게 된다.

단숨에 덩치가 어마어마하게 불어나는 것이다.

'공국도 이 정도인데, 왕국 선포에 성공하면 어떻게 될까?'

아직 '왕국'이 되었을 때의 길드 스펙에 대해서는 알려진 바가 없었다. 최소 '공국'이 되어야 그 다음 티어인 '왕국'에 대한 정보를 알 수 있었는데, 아직 공국을 선포한 길드도 거의 없기 때문이었다.

루스펠 제국 소속의 길드 중에는 '공국' 등급의 길드가 아예 없었고, 카이몬 제국에 두 개 정도의 길드가 얼마 전에 공국이 되었다고 알려져 있다.

'좋아, 이렇게 해서 공국 선포까지 끝내고, 공국으로 성장 가능한 최대 스펙까지 단숨에 끌어올리면……!'

그렇게 된다면 그 다음 차례는, 당연히 왕국 선포를 하고 루스펠 제국과 전면전을 벌이는 것이었다.

세르비안과의 긴 토론 끝에, 이안은 최강의 마수를 연성하기 위한 계획을 세울 수 있었다.

"일단 가장 먼저 필요한 건, 본체가 될 전설 등급의 마수."

그리고 그 모든 준비 과정 중에 가장 중요한 것은, 당연히 본체가 될 마수를 어떤 녀석으로 쓰느냐에 대한 것이었다.

"역시 최강의 마수 하면, 발록부터 떠오르는데……."

차원 전쟁에서 수많은 발록이 등장하기는 했지만, 사실 발록은 그렇게 지천에 널려 있는 마수가 아니었다.

그리고 지금의 이안으로서도 쉽게 볼 수 있는 마수가 아니다.

'이제 신화 등급인 뿍뿍이가 생겼으니 한두 마리 정도는 혼자 상대할 수 있겠지만…….'

사실 두 마리도 버거울지 모른다.

차원 전쟁 당시 뿍뿍이는 신들의 가호로 인해 모든 능력치가 뻥튀기되어 있던 상태였고, 지금은 그러한 버프를 받을 수 없으니까.

물론 발록은 전설 등급이고 뿍뿍이는 신화 등급이다.

하지만 레벨도 생각해야 했다.

뿍뿍이의 레벨은 220언저리였고, 아마 필드에 등장하는 발록은 350레벨을 가볍게 넘는 괴물일 확률이 높았으니까.

하지만 아마 카이자르와 얀쿤까지 가세한다면, 서너 마리 정도도 상대할 수 있을 것 같기는 했다.

'그리고 보면 신들이 걸어 준 버프가 진짜 대박이긴 했어.

모든 능력치를 거의 두 배로 뻥튀기시켜 줬으니…….'

모든 능력치가 두 배라는 이야기는, 레벨이 두 배나 마찬 가지라는 말이었다.

버프를 받은 이안은 400레벨도 훌쩍 넘는 스텟을 가지게 된 상태였고, 그러니 발록들을 가지고 놀 수 있었던 것이었다.

어쨌든 이안은 '발록'에 제법 끌리는 것을 느꼈다.

'50번대 구역까지 내려가서 최상급 마수들을 연성하면서 경험치를 쌓고…… 전설 등급의 마수들을 찾아서 더 아래쪽 으로 내려가야 하나?'

50구역에도 전설 등급의 마수인 데빌드래곤이 서식한다.

하지만 데빌드래곤은 별로 끌리지 않았다.

'데빌드래곤으로 연성하면 또 칼리파가 나올지도 몰라. 칼 리파가 아니더라도 비슷한 마룡이 만들어지겠지.'

기왕 신화 등급의 마수를 연성하는 것이라면, 이미 남이 한 번 만들어 낸 마수는 만들고 싶지 않았다.

이안은 이런저런 생각을 하며 열심히 마계 깊숙한 곳으로 이동했다.

'그러고 보니 예전에 마왕에게서 발록의 서식지를 들었던 것 같은데…….'

돌연 마왕 '레카르도'와의 대화를 떠올린 이안은, 그 내용 을 기억해 내기 위해 머리를 쥐어짰다.

그리고 얼마 지나지 않아 그가 해 주었던 말을 생각해 낼 수 있었다.

　-발록이라면 아마…… 마계 15구역, '잊힌 영혼의 무덤'에
가면 어렵지 않게 만날 수 있을 걸세.

　이안은 차근차근 길을 뚫으며, 한 층 한 층 더 깊숙한 곳으
로 내려가기 시작했다.

　뿍뿍이와 카르세우스 그리고 카이자르까지 신화 등급이
된 지금, 마계를 뚫는 것은 더욱 수월해진 상태였다.

　하지만 그럼에도 불구하고 15구역까지 뚫을 수 있을지는
미지수였다.

　'마계 15구역이라……. 급격하게 몬스터들이 강해지지만
않는다면, 어떻게 비벼 볼 만할 것도 같은데.'

　이안은 일전에 왔었던 마계 50구역까지, 거의 뻥 뚫린 고
속도로를 달리듯 돌파해 버렸다.

　그리고 지금 이안이 있는 곳은 마계 45구역.

　하지만 이제부터는 슬슬 그 속도가 더뎌지는 것이 느껴
졌다.

　"이제부턴 좀 조심스럽게 움직여야겠어. 너무 방심했다가
는 훅 갈지도 모르겠다."

이안의 말에, 옆에 있던 카이자르가 고개를 끄덕이며 동의했다.

"맞다, 영주 놈아. 50구역 아래로 내려온 뒤부터는, 중급 이하인 마수들을 거의 찾을 수가 없는 것 같다."

그런데 문득 무슨 생각이 들었는지, 이안이 고개를 휙 돌리며 카이자르에게 물었다.

"근데 카이자르. 너 왜 이랬다 저랬다 하냐?"

이안의 말에, 카이자르가 의아한 표정으로 되물었다.

"음, 그게 무슨 소리냐?"

"아니, 어떨 땐 영주 놈이라고 했다가, 주인이라고 할 때도 있고."

이안은 뚱한 표정으로 말을 이었다.

"이쯤 됐으면 이제 주인으로 인정해 줄 때도 되지 않았냐?"

카이자르의 충성도는 신화 등급으로 각성한 이후 100포인트까지 올라 있는 상태였다.

그렇기에 이안은 카이자르의 말투가 여전히 건방진 것에 대해 슬쩍 불만이 생긴 것이었다.

카이자르가 헛기침을 하며 말했다.

"크흠, 난 이미 예전에 그대를 주인으로서 인정했다."

이안의 표정이 살짝 밝아졌다.

"그래? 그런데 왜 아직도 영주 놈이라고 하는 거야?"

카이자르가 잠시 머뭇거렸다.

"그건……."

"그건 뭐?"

"영주 놈이 더 정감 있어서 그렇다."

"……."

이안이 어이없는 표정으로 다시 물었다.

"그럼 앞으로도 그렇게 부르게?"

카이자르가 턱을 만지작거리며 대답했다.

"흠, 그건 아마 내 기분에 따라 달라질 것 같다."

"후우……."

짧게 한숨을 내쉰 이안은, 포기했다는 듯 다시 걸음을 옮기기 시작했다.

'얀쿤처럼 한번 매타작을 해 주면 영주님이라고 깍듯이 모시려나?'

하지만 속으로 생각만 할 뿐, 이안은 아직 카이자르를 1:1로 이길 자신이 없었다.

각성하기 전에도 쉽지 않은 상대였는데, 이제 신화 등급으로 각성까지 해 버렸으니 일방적으로 두들겨 맞지나 않으면 다행이었다.

44구역으로 이동하는 게이트를 향해 천천히 걷던 이안이, 얀쿤을 향해 고개를 돌리며 물었다.

"얀쿤, 혹시 15~44구역까지에 대해서 아는 것 좀 있어?"

얀쿤이 예의 걸걸한 목소리로 대답했다.

"아는 것이라면, 어떤 걸 말하는 건가, 주인."

"15구역에 있다는 잊힌 영혼의 무덤으로 가는 길에 조심해야 할 게 있냐는 거지. 이제 슬슬 필드 몬스터들도 강해지는데, 관문 보스 중에 엄청난 녀석이 있을 지도 모르잖아?"

50구역에서 49구역으로 넘어가는 관문.

그곳을 지키는 보스는 전설 등급의 마수인 '타르베로스'였다.

그것은 이안도 처음 보는 마수로, 머리가 세 개인 대호大虎의 모습을 한 마수였다.

좀 더 자세히 묘사하자면, 검보랏빛의 가죽에 새하얀 줄무늬가 그려져 있었고, 온몸이 보랏빛의 불길에 휩싸여 있는 기이한 분위기를 가진 마수였다.

물론 이안은 어렵지 않게 타르베로스를 처치하고 관문을 돌파했지만, 그래도 심장이 철렁했던 순간이 있었다.

'타르베로스…… 전투 능력은 발록이나 데빌드래곤에 비해 확실히 떨어졌지만, 고유 능력이 엄청 까다로운 녀석이었지.'

타르베로스의 필살기인 듯 보였던 시간을 되돌리는 능력.

정확히 말하자면, '자신의 시간'만을 일정 시간만큼 앞으로 되감는 능력이었다.

'다 잡은 줄 알았던 녀석이 갑자기 풀 피가 돼서 뒤통수를 후려갈길 때는 진짜 섬뜩했지.'

사실 이안으로서도 고유 능력의 정확한 스펙은 알 수 없었다.

그냥 상대해 본 것만으로는 구체적인 능력을 알 수 없었으니까.

이안이 이런저런 생각을 하는 사이, 얀쿤이 자신이 아는 정보들에 대해 설명하기 시작했다.

"일단 30구역까지는 주인이 걱정할 만한 관문 같은 게 없는 걸로 알고 있다."

"그래? 관문이 아예 없는 거야?"

얀쿤이 고개를 저으며 말했다.

"40구역에 관문이 하나 있는데, 주인이 걱정할 만한 상대가 아니다."

"어떤 놈인데? 알고 있나 보네."

"그렇다. 나와 같은 12지장의 한 명인데, 서열 5위인 노블레스 등급의 마족이다. 지금의 나보다 한 배 반 정도 강하다고 생각하면 된다."

"그럼 만약 네가 노블레스로 승급한다고 가정했을 때, 비슷한 수준이려나?"

"으음…… 아마 그럴 것이다. 내가 노블레스가 되면 녀석과 싸워 볼 만하겠지."

얀쿤은 노블레스 등급이 되기 위한 모든 조건을 충족시킨 상태였지만, 아직 승급전을 치루지 못해 상급 마족인 상태였다.

그리고 지금의 얀쿤보다 한 배 반 정도 강한 상대라면, 이안으로서는 당연히 무서울 게 없었다.

　"흐음…… 그럼 30구역까진 무난할 거라는 소리고, 그럼 30구역에는 좀 빡센 수문장이 지키고 있는 건가?"

　얀쿤이 또다시 고개를 저었다.

　"그렇지 않다. 30구역을 지키는 수문장 또한 40구역을 지키는 녀석과 비슷한 수준의 노블레스 마족. 주인의 능력이라면 어렵지 않게 통과할 수 있는 구역이다."

　이안이 의아한 표정으로 물었다.

　"에엥? 그럼 뭐가 문젠 건데?"

　"30구역에 들어선 뒤가 문제다."

　"음……?"

　"30구역 안에는 '혼돈의 장벽'이라는 이름의 거대한 성곽이 모든 길을 틀어막고 있다."

　"혼돈의 장벽?"

　얀쿤의 말이 계속해서 이어졌다.

　"그렇다. 혼돈의 장벽 안쪽은 '혼돈의 도시'라는 곳인데, 서열 6위의 마왕인 릴리아나가 그곳의 주인이다."

　이안이 낮은 목소리로 중얼거렸다.

　"으음, 예전에 만났던 마왕 레카르도가 서열 몇 위라고 했었지?"

　얀쿤이 대답했다.

"레카르도 님이라면, 아마 서열 7위이실 것이다."

"아하……?"

그리고 이안의 얼굴이 확 구겨졌다.

'그럼 그 괴물 같은 녀석보다 더 서열이 높다는 얘기 아니야? 그렇다면 힘으로는 도저히 어떻게 해 볼 수가 없는 상대라는 말인데.'

이안이 다시 얀쿤에게 물었다.

"거길 지날 수 있는 방법이 없을까?"

"혼돈의 도시 말인가?"

"응. 어차피 힘으로 뚫는 건 말도 안 되는 소리일 것 같고. 릴리아나인지 뭔지 하는 마왕에게 어떤 대가라도 주고 지나갈 방법 없어?"

잠시 동안의 정적.

얀쿤은 골똘히 생각에 잠긴 모습이었고, 이안은 슬쩍 카카를 응시했다.

"야, 카카, 넌 뭐 아는 거 없냐?"

카카가 반쯤 감긴 눈으로 대답했다.

"혼돈의 도시는 나도 가 본 적 없는 곳이다, 주인아."

"졸려서 대충 대답하는 건 아니지?"

"절대 아니다!"

"아, 알았어."

그리고 둘이 실랑이를 벌이는 동안, 얀쿤이 생각난 게 있는 듯 다시 입을 열었다.

"아, 방법이 하나 있을 것도 같다, 주인."

"오!"

이안이 반색하며 물었다.

"그 방법이 뭔데?"

그리고 잠시 망설이던 얀쿤이, 힘없는 목소리로 대답했다.

"내가 노블레스 승급전의 상대로, 릴리아나 님의 가신들 중 하나를 고르면 된다. 그럼 자연히 내 일행 또한 혼돈의 도시에 초대받게 되지."

"오호, 그거 괜찮은 방법인데?"

하지만 얀쿤의 말은 거기서 끝난 것이 아니었다.

"다만, 문제가 하나 있다."

"뭔데, 뜸들이지 말고 말해 봐."

"내가 그 승급전에서 이기지 못하면, 아마 다 같이 혼돈의 뇌옥에 갇히게 될 수도 있다."

"혼돈의 뇌옥?"

"그렇다. 예전에 내가 갇혀 있었던 분노의 도시에 있는 뇌옥과 비슷하다고 생각하면 된다. 아마 한 일주일 정도 거기 갇혀야 할 것이다."

"크흠……. 네가 이길 확률은?"

"지금의 나라면 아마 높게 잡아 줘야 2할 정도일 거다. 릴리아나님의 가신들은, 전부 노블레스 중에서도 상위권의 실력자들일 것이다."

얀쿤의 설명을 다 들은 이안의 머리가 복잡해지기 시작했다.

'이거 일주일 동안 뇌옥에 갇히는 건, 페널티가 너무 큰데?'

마계의 뇌옥에 갇히게 되면, '마기'를 빼앗기게 된다.

그것도 뼈아픈 손실인데, 거기에 일주일이라는 시간까지 날리게 되는 것은 이안에게 있어서 너무 큰 페널티였다.

그런데 그때, 무엇인가 이안의 뇌리를 스쳐 지나가는 것이 있었다.

"잠깐."

"왜 그러는가, 주인?"

"그거 꼭 네가 승급전을 치러야 해?"

"음……? 그게 무슨 말인가?"

이안이 씨익 웃으며 대답했다.

"나 있잖아, 나. 나도 상급 마족이라고. 내가 승급전을 치르면 되는 거 아니야?"

그에 얀쿤이 고개를 저으며 대답했다.

"아니다, 주인은 안 된다."

"왜?"

"확실히 주인이라면, 어렵지 않게 승급전에서 승리할 수 있을 것이다. 승급전에 가신은 대동할 수 없지만, 소환수라면 함께하는 것이 가능하니까. 아마 뿍뿍이와 카르세우스만 있어도 노블레스의 마족 하나 정도는 어렵지 않게 이길 수 있겠지."

"그럼 뭐가 문젠데?"

"마왕의 직계 가신에게 도전하기 위해서는, 순수 혈통의 마족이어야만 한다."

이안의 표정이 대번에 구겨졌다.

"아…….."

"주인은 반마라서 아마 도전장 자체가 거부당할 것이다."

"흐음."

이안은 다시 고민에 빠졌다.

'이거 어쩐다……. 그렇다고 여기서 포기할 수는 없는데.'

열심히 머리를 굴리던 이안은, 다시 걸음을 옮기기 시작했다.

그에 얀쿤이 의아한 표정으로 이안을 향해 물었다.

"음? 어쩔 생각인가, 주인?"

이안이 피식 웃으며 대답했다.

"일단 30구역까지 뚫기나 해 보자고. 그 뒤에 생각해도 늦지 않으니까 말이야."

얀쿤이 고개를 끄덕였다.

"알겠다. 그러도록 하지."

그리고 이안은 돌연, 자신의 소환수들을 전부 소환 해제시켰다.

"으음? 왜 그러는가, 주인?"

이안의 입가에 사악한 미소가 걸렸다.

"30구역 갈 때까지, 네가 최대한 성장해야 조금이라도 승률이 올라갈 거 아니야."

"아."

"어차피 관문을 통과할 때 빼고는 카이자르만 있어도 충분해. 한번 스파르타식 사냥으로 속성 레벨 업 해 보자고."

얀쿤은 알 수 없는 한기가 온몸에 스며드는 것을 느꼈다.

"스파르타가 뭔가, 주인?"

이안이 짧게 대꾸했다.

"그건 알 거 없어."

"흐음, 드디어 길드 설립에 성공했군."

마계 100구역, 분노의 도시.

분노의 도시는 현재 마계의 도시들 중 마족 유저들이 두 번째로 많은 곳이었다.

가장 많은 마족 유저들이 있는 곳은 마계 200구역에 있는 증오의 도시.

증오의 도시는 차원 전쟁 이후 패치를 통해 처음으로 만들어진 곳이자, 캐릭터 생성 시 마족으로 종족 선택을 하면 시작하게 되는 스타팅 포인트였다.

쉽게 말해 마족 유저들 중 초보 유저들이 주로 거점 삼아 성장하는 곳이 '증오의 도시'였으며, 150레벨 이상의 상위권 유저들이 많은 곳이 100구역에 있는 분노의 도시였다.

150구역에 '파괴의 도시'라는 곳도 있었지만, 그곳을 거점으로 삼은 유저들은 아직 많지 않았다.

"힘들었네요. 이번 차원 전쟁에서 예상했던 것보다 공적치가 너무 조금 들어와서……."

분노의 도시 중앙 광장의 한쪽 구석에선 두 마족 유저가 대화를 나누고 있었다.

"그러게 말입니다. 다 된 밥이었는데, 마지막에 이안 놈이 깽판을 놔서……."

"그래도 어쨌든 이렇게 새 길드를 창설했으니, 이번엔 한 번 제대로 힘을 합쳐 보죠."

"좋습니다. 마계 최초 창설 길드가 아닌 건 아쉽지만, 그래도 곧 우리가 마계에선 가장 강력한 길드가 되지 않겠습니까?"

"그렇습니다. 이안 따위에게 그렇게 털린 이라한의 길드가 우리 길드의 상대가 될 리 없죠. 과거 다크루나 길드의 전력도 거의 반 토막 났다고 들었습니다."

놀랍게도 그들은, 과거 스플렌더 길드의 길드 마스터였던 마틴과, 오클란 길드의 길드 마스터였던 사무엘 진이었다.

마계로 넘어온 스플렌더 길드와 오클란 길드의 세력이, 힘을 합쳐 하나의 길드를 탄생시킨 것이었다.

"으, 이안! 그놈은 중부 대륙때부터 그렇게 속을 썩이더니, 끝까지 걸림돌이군요."

마틴의 말에 사무엘 진이 이를 갈며 대답했다.

"그렇습니다. 후우, 언제가 될지는 모르지만 다음 차원전쟁 전까지 어떻게든 힘을 키워서 놈에게 뜨거운 맛을 한번 보여 줘야 합니다."

비록 스플렌더와 오클란 길드는 무너져 내렸지만, 그렇다고 해서 두 길드의 세력이 오합지졸이었던 것은 아니었다.

두 길드는 마지막까지도 10대 길드 안에 들어갈 정도의 세력을 유지하고 있었으니까.

그리고 두 길드 전력의 60~70퍼센트가 빠져나와 합쳐진 새로운 길드는 충분히 강력한 전력이라 할 수 있었다.

"후우, 그래도 마계로 터전을 옮기기는 잘한 것 같습니다."

"맞습니다, 여긴 새로운 길드 콘텐츠가 정말 무궁무진하네요."

두 거대 길드가 힘을 모아 설립한 새로운 길드인 호왕 길드.

마틴과 사무엘 진은 마계에서의 새로운 도약을 위해 그렇게 차근차근 꿈을 키워 나가고 있었다.

하지만 두 사람은 곧, 생각지도 못했던 난관에 맞부딪치게 된다.

"헉헉, 주, 주인아."

"왜 그래, 얀쿤? 설마 지금 힘들다거나 쉬고 싶다거나 그런 건 아니지?"

"아, 아니다. 그럴 리가 있겠는가. 나 얀쿤은 이 정도에 쓰러지지 않는다!"

"그래, 그럼 얼른 저쪽으로 가자. 저기 상급 마수들이 떼로 있네. 페이쿠스인가?"

"으, 으윽……."

수많은 마수들이 득실거리는 황량한 벌판.

마계 31구역의 외곽 지역에서, 얀쿤은 고군분투하고 있었다.

일행은 얀쿤을 포함해 총 여섯.

이안과 세 명의 가신들 그리고 카카와 뿍뿍이였다.

세 명의 가신은 카이자르와 얀쿤 그리고 사제 클래스의 가신인 엘리사였다.

엘리사는 이안이 파이로 영지 인재 양성소를 통해 최근에 등용한 가신으로, 무려 전설 등급의 잠재력을 가진 사제 클래스였다.

물론 현재 등급은 아직 영웅 등급이었지만.

"영주님, 얀쿤 님이 너무 무리하시는 것 같아요. 조금 쉬는 게 어떨까요?"

엘리사가 커다란 눈망울을 깜빡이며, 안타까운 표정으로 얀쿤을 응시했다.

그러자 얀쿤은 기대어린 눈빛으로 이안을 슬쩍 쳐다보았다.

하지만 이안은 냉정했다.

"아니야, 엘리사. 얀쿤도 괜찮다잖아. 얀쿤 죽지 않게 힐이나 잘 넣어 줘."

"아, 알겠어요, 영주님."

엘리사는 측은한 눈빛으로 얀쿤을 한번 응시하고는 치유 마법들을 미리 캐스팅하기 시작했다.

얀쿤은 체념한 듯한 표정으로 마수들을 향해 걸음을 옮겼고, 그 뒷모습을 보던 카이자르가 고개를 절레절레 저었다.

"이러다가 마족 잡겠군, 마족 잡겠어."

카이자르의 말에 이안이 피식 웃으며 대답했다.

"이제 곧 마계 30구역이야. 레벨을 한 개라도 더 올려야 조금이라도 더 승산이 높아지지 않겠어? 난 얀쿤 때문에 뇌옥에 들어갈 생각이 하나도 없다고."

이안의 말에 조금 측은한 표정이었던 카이자르가 반색했다.

"하긴, 그도 그렇군. 마족 녀석이 조금 불쌍하기는 하지만, 약해빠진 건 사실이니 말이야."

현재 얀쿤의 레벨은 385였다.

이안의 가신으로 들어온 뒤 25레벨 정도가 오른 상태, 그리고 카이자르의 레벨은 337이었다.

신화 등급으로 각성하기 전의 카이자르라면, 얀쿤과 비교해 별로 전력 차이가 나지 않았을 것이다.

전설 등급과 영웅 등급의 차이가 있다고 하더라도, 50레벨에 가까운 레벨 차이는 적은 것이 아니었으니까.

오히려 얀쿤이 조금 더 강력했을 터였다.

하지만 신화 등급이 된 지금, 카이자르는 얀쿤보다 훨씬 더 강력해졌다.

두 단계의 등급 격차는, 50레벨 정도로는 메울 수 없는 수준이었던 것이다.

어쨌든 그렇게 얀쿤의 스파르타식 사냥은 계속되었고, 이안은 앞으로 최소 일주일 동안은 30구역으로 넘어갈 생각이 없었다.

'빡세게 계속 굴리면, 390레벨은 찍을 수 있겠지?'

300레벨대 후반인 얀쿤의 레벨 업 필요 경험치는 어마어마했다.

하지만 상급 마수들이 득실거리는 사냥터에서 얀쿤 혼자 경험치를 독식하는 시스템이라면, 충분히 일주일에 5레벨 정도는 올릴 만한 것이었다.

이안이 머릿속으로 계획을 세우고 있을 때, 옆에 있던 뿍뿍이가 이안을 불렀다.

"주인아, 심심하다뿍."

이안은 피식 웃었다.

벌써 며칠 째 얀쿤의 사냥을 지켜보기만 했으니, 충분히 심심할 만할 것이었다.

"저기 가서 브레스라도 한 방 쏴 주고 올래?"

그에 뿍뿍이가 거만한 표정을 지으며 우쭐거렸다.

"내 브레스 한 방이면, 허약한 마수들이 다 죽어 버릴지도 모른다뿍. 그럼 얀쿤이 레벨 업할 수 없을 거다뿍."

옆에 있던 카카가 곧바로 태클을 걸었다.

"절대로 그럴 일 없으니 걱정 말고 가서 브레스 한 방 쏴 주고 와라. 상급 마수들이 무슨 고블린도 아니고, 네 브레스 한 방에 왜 죽냐?"

뿍뿍이가 카카를 째려보았다.

찌릿-.

"그럴 리 없뿍. 내 브레스는 최강이다뿍."

카카가 심드렁한 표정으로 대꾸했다.

"그럼 내기할까, 뿍뿍?"

뿍뿍이가 곧바로 응수했다.

"좋다뿍. 내기하자뿍. 내기 내용은 뭐냐뿍?"

이안은 흥미진진한 표정으로 둘의 대화를 지켜보고 있었다.

"뿍뿍이 네가 브레스로 저 마수들 중 한 마리라도 한 방에 죽이면 네 승리. 그리고 죽이지 못하면 내 승리. 어떠냐?"

뿍뿍이가 커다란 머리를 아래위로 흔들었다.

"좋다뿍!"

둘의 대화를 듣던 이안도 머릿속으로 열심히 계산하기 시작했다.

대미지 계산이라면 빠삭한 이안으로서도 곧바로 답을 알 수는 없을 만큼, 결과 예측이 힘든 내기였다.

'이거 나도 모르겠는데? 치명타라도 뜨면 약한 개체 몇 마리쯤은 한 방에 보낼 수 있을 것 같기도 하고…….'

한편 어비스 드래곤으로 진화한 뒤 제법 똑똑해진 뿍뿍이도 나름 계산은 서 있었다.

'신의 가호를 받았을 때, 전설 등급의 마수들도 브레스 한 번이면 거의 사망 직전이었뿍. 버프가 없다고는 해도 상급 마수는 한 방일 게 분명하다뿍.'

하지만 뿍뿍이가 똑똑해졌다고 해도, 카카의 지능은 이제 거의 1만에 육박하는 수준이었다.

그동안 카카의 레벨이 오른 것도 있었지만, 어떤 이유에서인지 카카의 지능 스텟은 시간이 지날수록 계속해서 성장하고 있었다.

아직 확실하지는 않았지만, 카카가 잠에 들 때마다 지능 능력치가 상승하는 것 같다고 이안은 추측했다.

어쨌든 현재 뿍뿍이의 지능은 5천 남짓.

카카가 정확히 두 배 정도 똑똑한 셈이었다.

카카는 이미 뿍뿍이의 공격력과 상급 마수들의 방어력을

파악해 얼추 계산을 끝내 놓은 상태였다.

'대충 계산해 봐도 절대로 한 방이 나올 수준은 아니야. 치명타가 터지면 거의 빈사 상태까지는 만들지도 모르겠지만.'

그렇게 이틀 치 마약 미트볼이 걸린 내기는 성립되었고, 뿍뿍이는 의기양양한 표정으로 본체로 현신했다.

쿠오오오—!

거대한 날개를 펄럭이며 얀쿤이 전투 중인 필드로 날아간 뿍뿍이는 한 차례 심호흡을 하더니, 커다란 입을 쩍 하고 벌렸다.

뿍뿍이의 입에는 시퍼런 에너지 덩어리가 가득 들어차기 시작했고, 곧 강렬한 파동이 쏘아져 나갔다.

심연의 드래곤인 뿍뿍이의 브레스는 거대한 냉기의 폭풍이었다.

콰아아아—!

얀쿤을 공격하던 열 마리 남짓의 상급 마수들은 당황했다.

난데없이 머리 위로 강력한 한기가 쏟아져 내렸던 것이다.

크아아악—!

마수들은 혼비백산하며 몸을 피했지만, 냉기의 브레스는 그것을 허용하지 않았다.

범위가 넓은 데다, 냉기 효과로 인해 움직임이 느려졌기 때문이었다.

결국 쏘아지는 브레스를, 마수들은 전부 다 받아 낼 수밖에 없었다.

"크르르르!"

브레스를 뿜어낸 뒤, 뿍뿍이는 의기양양한 표정으로 으르 렁거렸다.

그리고 허공에 뜬 채 열심히 아래를 두리번거렸다.

하지만 처음 확인한 마수의 생명력은, 빈사 상태도 아니고 3분의 1 이상이 남아 있었다.

심지어 그 마수가 있던 자리는 자신의 브레스에 직격으로 대미지를 입었을 위치였다.

뿍뿍이는 당황했다.

'부, 분명 한 마리는 죽었을 거다뿍.'

열심히 죽은 마수의 사체를 찾는 뿍뿍이였다.

그런데 그때, 새카만 시체로 변해 있는 마수 한 마리가 뿍 뿍이의 눈에 들어왔다.

뿍뿍이는 신나서 이안 일행이 있는 곳으로 다시 날아갔다.

"뿌뿍! 저기 한 놈이 죽었뿍! 내기는 내가 이긴 거다뿍!"

흥분해서 본체 상태임에도 뿍뿍을 연발하는 뿍뿍이.

하지만 카카의 표정은 당황스러움이 아닌 여유로움이었다.

그에 뿍뿍이는 뭔가 이상함을 느꼈다.

'뭐냐뿍? 분명히 내기는 내가 이겼는데!'

그리고 카카의 입이 열렸다.

"내일까지 네 몫의 미트볼은 전부 내 거다. 인정하지, 뿍뿍?"

어느새 거북의 모습으로 다시 폴리모프한 뿍뿍이가 당황한 표정으로 물었다.

"그게 무슨 말이냐뿍! 분명 저기 한 마리 죽지 않았냐뿍!"

뿍뿍이는 이안을 향해 고개를 돌리며 판결을 요청했다.

하지만 이안은 고개를 절레절레 저었다.

"이 내기는 아쉽게도 카카의 승리인 것 같아, 뿍뿍아."

"뿌욱……!"

당황한 표정이 된 뿍뿍이를 향해, 이안이 말을 이었다.

"저기 저 죽은 마수는, 애초에 얀쿤이 거의 다 잡아 놨던 녀석이었어."

카카가 얄밉게 한마디 덧붙였다.

"뿍뿍이 네가 얀쿤이 잡던 거 스틸했다."

"뿌뿍……."

뿍뿍이는 우울해졌다.

한순간에 이틀치 미트볼을 날려 버린 것이었다.

"한 번만 봐주면 안되냐뿍."

카카와 뿍뿍이가 실랑이하는 것을 잠시 지켜보던 이안은, 피식 웃으며 얀쿤이 있는 쪽을 향해 고개를 돌렸다.

그리고 얀쿤은 뿍뿍이의 브레스 덕에 더 수월하게 전투를 하고 있었다.

브레스로 인해 마수들의 생명력이 많이 닳기도 했지만, 가장 좋은 부분은 빙결 효과로 인해 마수들의 움직임이 둔화되어 있다는 점이었다.

'후우, 얀쿤이 승급에 성공할 수 있겠지?'

물론 레벨이 몇 계단 오른다고 단숨에 엄청나게 강해지는 것은 아니었다.

그렇기 때문에 이안은 다른 복안도 준비해 두었다.

"으아악! 마족이 여기는 대체 어떻게……!"

"그건 알 거 없고, 미안하지만 죽어 줘야겠다."

푸욱!

검붉은 갑주를 온몸에 두르고 있는 남자.

그의 장검이 한 유저의 복부를 깊숙이 뚫고 지나갔다.

─유저 '민우87'에게 치명적인 피해를 입혔습니다!

─유저 '민우87'을 처치하는 데 성공하셨습니다!

'민우87'이라는 아이디의 유저는 죽어 가면서 신음성을 흘렸다.

"으윽, 이라한이라니…… 어쩐지 너무 강했……."

그리고 유저가 사망하자마자, 남자 이라한의 눈앞에 새로운 시스템 메시지가 떠올랐다.

띠링─.

-처치한 인간계 유저 (250/250)

　-'마왕의 권능' 아이템이 발동되기 위한 모든 조건을 충족시키셨습니다.

　시스템 메시지들을 읽은 이라한은, 비릿한 미소를 지었다.

　'후후, 이안 놈 때문에 많이 늦어지기는 했지만 그래도 드디어 노블레스로 승급하는구나.'

　이라한은 품속에서 붉은 빛깔의 보패 하나를 꺼내어 들었다.

　그것은 타는 듯한 붉은 빛으로 휘감겨 있었다.

　"후읍."

　한 차례 심호흡을 한 이라한은, 망설임 없이 보패를 사용했다.

　그러자 보패에 둘러져 있던 붉은 빛이, 이라한을 향해 빨려 들어가기 시작했다.

　띠링-!

　-'마왕의 임무 Ⅱ'(갱신된 퀘스트)를 성공적으로 완수하셨습니다.

　-마왕의 권능이 발동합니다.

　-마계 계급이 상승했습니다.

　-유저 '이라한'의 마계 계급이 '상급 마족'에서 '노블레스'로 승급되었습니다.

　-모든 전투 능력이 5퍼센트만큼 상승합니다.

　-마기 능력치가 10퍼센트만큼 증가합니다.

　-마기 발동률 능력치가 2퍼센트만큼 증가합니다.

―항마력 능력치가 2퍼센트만큼 증가합니다.

성공적인 노블레스 등급으로의 승급한 이라한은 떠오르는 메시지들을 꼼꼼히 체크했다.

하지만 왜인지, 이라한의 표정은 썩 좋지 못했다.

'뭐지? 대체 왜 최초 달성 보상이 없는 거지?'

이라한은 무척이나 당황했다.

아무리 이안에게 당해 레벨이 많이 떨어졌다 하더라도, 마계 컨텐츠의 달성률은 아직까지 자신이 압도적일 것이다.

자신보다 먼저 노블레스가 될 수 있는 유저는 없을 것이라 생각했는데, 최초 달성 보상이 뜨지 않으니 당황할 수밖에 없었다.

'대체 어떻게 된 거야? 나보다 빨리 노블레스가 된 녀석이 있다고?'

이라한은 순간적으로 이안을 떠올렸다.

하지만 순수 혈통이 아닌 반마가 노블레스가 되기 위해서는 생각보다 많은 제약이 있다는 사실을, 이라한이 누구보다도 잘 알고 있었다.

'그럼 대체 누구지?'

이라한의 표정이 확 일그러졌다.

이런 전개는 생각해 본 적도 없었다.

카일란에서는 어떤 콘텐츠라도 최초 달성 시 보상이 있었으니, 분명 노블레스를 먼저 달성한 누군가도 있다는 이야기였다.

"젠장!"

이라한은 이를 악물었다.

'내가 안일했어. 여유 부릴 때가 아니야.'

사실 이라한은 안일했던 적이 없었다.

이안에게 대패하고 난 이후 그는 지금까지 쉬지 않고 그 손실을 복구해 왔다.

하지만 이라한은 철저한 '결과론자'였다.

그는 항상 과정보다는 결과를 중요하게 생각했다.

그에게 노력은 별로 중요하지 않았다. '열심히' 하는 것보다는 '잘' 하는 게 중요할 뿐.

'노블레스가 되었으니, 이제 좀 더 빠르게 성장할 수 있겠지.'

이안에게 복수하기 위해서는 한 시도 쉴 틈이 없었다.

마계에서 최고가 되어도 부족한데 여기서도 자신보다 앞서간 누군가가 있다는 것이 참을 수 없었다.

'못해도 마계 1위는 탈환하고, 항마력 관통 세팅으로 50퍼센트 이상 맞추고 나야 다시 싸워 볼 만해.'

이라한은 이를 갈며 검을 검집에 집어넣었다.

그리고 어디론가 향해 빠르게 사라졌다.

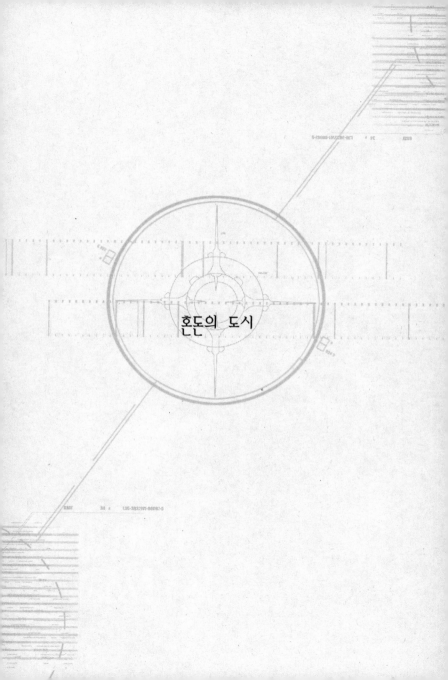

혼돈의 도시

Taming Master

이안의 타이트한 사냥 일정을 가까스로 소화해 낸 얀쿤은, 결국 390레벨을 달성할 수 있었다.

그리고 얀쿤이 390레벨이 되자마자, 이안 일행은 곧바로 30구역과 31구역 사이에 있는 관문을 뚫고 30구역 안쪽으로 진입했다.

이안은 게이트를 통과해 30구역 안에 들어오자 입이 쩍 하고 벌어졌다.

"와, 이게 뭐야? 무슨 만리장성도 아니고……."

이안의 눈앞에 펼쳐진 광경은, 정말 만리장성을 연상케 할 만한 것이었다.

이안의 옆에서 날던 카카가 물었다.

"주인아, 만리장성이 뭐냐?"

이안이 대답했다.

"중국이라는 거대한 나라가 있는데, 그곳을 통치했던 황제가 세운 어마어마하게 규모가 큰 성벽이야."

이 정도가 이안의 짧은 지식으로 대답할 수 있는 한계였다.

하지만 카카의 눈은 초롱초롱해졌다.

"중국? 만리장성? 처음 들어 보는 이름이다, 주인아."

이안이 심드렁한 표정으로 대꾸했다.

"그거야 당연하지. 중국은 이 세계에 있는 나라가 아니니까."

"오호, 주인이 평소에 넘나드는 이면세계 안에 존재하는 제국인가 보군."

이안이 대충 고개를 끄덕였다.

"뭐, 그렇다고 보면 돼."

대충 카카를 납득시킨 이안의 시선이 다시 눈앞에 있는 웅장한 성벽을 향했다.

성벽은 지평선을 따라 끝없이 늘어서 있었고, 그 위로 물들어 있는 붉은 마계의 하늘은 마치 한 폭의 그림을 보는 것 같았다.

'저기를 넘어야 한다는 거지?'

이안의 시선이 얀쿤을 향했다.

"얀쿤."

"불렀는가, 주인."

"할 수 있겠지?"

얀쿤이 자신감 넘치는 표정으로 고개를 끄덕였다.

"물론이다, 주인."

그에 이안이 피식 웃으며 말했다.

"어째 어제보다 자신감이 두 배 정도 상승한 것 같다?"

얀쿤이 멋쩍은 표정으로 대답했다.

"주인이 빌려준 장비들이라면, 상위 노블레스라 해도 충분히 이길 수 있을 것 같다."

이안은 30구역에 넘어오자마자, 얀쿤에게 자신의 장비들을 전부 빌려줬다.

얀쿤이 창을 다룰 줄 모르기에 정령왕의 심판은 빌려주지 못했지만, 항마력 세팅이 되어 있는 나머지 장비들을 모두 빌려준 것이었다.

그리하여 세팅된 얀쿤의 항마력은 이안보다는 못했지만 거의 60퍼센트에 육박했다.

게다가 이안이 착용하던 아이템이니 다른 옵션들도 출중한 것은 당연했다.

이 정도의 템발이라면 얀쿤이 상위 노블레스를 상대로 이기는 것도 가능할 것이었다.

"하지만 방심하면 안 돼, 얀쿤."

"알겠다, 주인. 꼭 이길 거다."

이안이 서늘한 목소리로 말했다.

"템까지 다 빌려줬는데, 지면…… 알지?"

"……."

얀쿤은 온몸에 오한이 드는 것을 느낄 수 있었다.

이안 일행은 어렵지 않게 혼돈의 장벽을 넘을 수 있었다.

얀쿤이 문지기에게 무언가를 보여 주니, 그가 말없이 이안 일행을 통과시켜 줬던 것이었다.

심지어 경비병 중 하나가 이안 일행을 친절히 안내하기도 했다.

그를 따라 이동하며, 이안은 얀쿤에게 궁금했던 것을 물어 보았다.

"얀쿤, 그게 뭐야?"

"상급 마족의 인장이다."

"음? 상급 마족의 인장이라면……."

상급 마족의 인장은 이안도 가지고 있는 것이었다.

반마이기는 하지만 이안 역시 상급 마족이었고, 처음 상급 마족이 될 때 자연스레 인벤토리에 생성되었던 것이다.

하지만 이안이 의아해하는 이유는 따로 있었다.

"내가 가진 인장이랑 좀 많이 다르게 생겼는데?"

이안은 고개를 갸웃했다.

모양이 조금 다른 것은 둘째치고 자신이 이안의 인장은 그저 검붉은 동패처럼 생긴 것이었는데, 얀쿤이 가진 인장에는 강렬한 붉은 빛이 일렁이고 있었기 때문이었다.

얀쿤이 대답했다.

"기본적으로 반마와 진마는 인장의 생김새가 다르다. 하지만 인장에 마기가 맺히는 것은, 그것과는 또 다른 문제다. 다음 등급으로 승급할 자격 요건이 모두 갖춰졌을 때, 인장에 마기가 일렁이게 된다."

"그래? 흐음…… 근데 얀쿤."

"말하라, 주인."

"나 마기 5만은 예전에 채웠는데? 네 말대로라면, 나는 다른 자격 요건이 추가로 필요하다는 건가?"

얀쿤이 고개를 끄덕였다.

"반마의 노블레스 승급 요건에 대해서는 나도 잘 모른다. 하지만 인장에 마기가 맺히지 않았다면, 아직 자격 미달인 것은 확실하다."

"흐음……."

지금이야 얀쿤이 노블레스로 승급에 성공하는 것이 가장 중요했지만, 이안도 될 수 있으면 빠른 시일 내에 노블레스가 되고 싶었다.

'자격 요건을 알아보려면 어떻게 해야 하지?'

사실 이안은 얼마 전까지만 해도 노블레스에 큰 관심이 없었다.

진마의 경우 마족 등급이 상승할 때마다 전투 능력치도 함께 상승하지만, 반마의 경우는 마계와 관련된 능력치 말고는 상승하는 게 없기 때문이었다.

마기 발동률과 항마력, 그리고 기본 마기량 등.

그것만으로도 승급할 가치는 충분히 있었지만, 해야 할 일이 많기에 일단 미뤄 뒀었던 것이었다.

그러나 차원 전쟁이 끝난 이후, 우선순위가 조금 바뀔 수밖에 없었다.

칼리파가 드롭한 신화 등급의 활 '마신의 분노'의 착용 제한이 노블레스 등급이었기 때문이었다.

어찌 되었든 자격 요건이 충족된 상급 마족의 인장을 보여 주고 마왕의 가신에게 도전 의사를 밝히자, 일행은 곧바로 혼돈의 마왕성까지 안내받을 수 있었다.

"귀한 손님이 오셨군요."

긴장된 표정으로 마왕을 대면한 이안은, 첫 마디에 조금 당황한 표정이 되었다.

'무슨 의미지?'

차원 전쟁 승리의 주역인 이안.

그 말인 즉, 마계의 입장에서는 차원 전쟁에서 패배한 주원인이 바로 이안이라는 것이었다.

그렇기에 이안은 마왕을 대면함에 있어 긴장하고 있었는데, 예상 외로 마왕 릴리아나의 반응이 무척이나 부드러웠던 것이다.

이안은 그녀와 시선을 마주쳤지만, 무슨 생각을 하는지 전혀 알 수 없었다.

'그래도 조심해야지. 어쨌든 여긴 적진 한복판이니.'

이안이 조심스레 입을 떼었다.

"저를 아시는군요."

릴리아나가 고개를 끄덕이며 의미심장한 미소를 지어보였다.

"나 릴리아나가 어찌 그대를 모를 수가 있을까요. 아마 마계의 모든 통치자들이 이안이라는 이름을 알고 있을 겁니다."

"그렇……군요."

뭐라 대답해야 할지 몰라 말꼬리를 흐리는 이안을 보며, 릴리아나가 피식 웃었다.

"그나저나 엄청난 배짱이에요. 차원 전쟁이 끝난 지 얼마나 지났다고 이렇게 버젓이 마계를 활보하시다니."

그에 뻔뻔하게 나가기로 결심한 이안이 입을 열었다.

"전쟁은 전쟁일 뿐. 마왕께서 이미 끝난 전쟁을 마음에 담아 두고, 일개 개인에게 무력을 행사하실 리 없다고 생각했습니다. 게다가 인간계의 입장에서는 정당방위 아닙니까."

이안의 말을 듣고 잠시 말이 없던 릴리아나는 곧 웃음을 터뜨렸다.

"호호호, 정말 특이한 인간이군요, 당신은."

잠시간 이안의 면면을 관찰하던 릴리아나가 천천히 말을 이었다.

"사실 그대의 말은 크게 틀리지 않아요. 우리 마족은 힘이 부족해 패배한 전쟁에, 은원을 담아 두지 않죠."

그 말을 들은 이안은 살짝 안도했다.

'휴, 십 년 감수했네.'

하지만 릴리아나의 말은 거기서 끝이 아니었다.

"하지만 나는 마계를 통치하는 한 명의 군주. 나의 입장은 일반적인 마족들과 조금 다르죠. 그대는 분명 적진의 뛰어난 전력이었고, 나는 마계의 군주. 내가 마계의 수장으로서 당신을 방치할 수 없을 것이라는 생각은 해 보지 않았나요?"

"……!"

당황해하는 이안을 보며, 릴리아나는 재미있다는 듯 웃어 보였다.

릴리아나가 하얗고 길쭉한 다리를 꼬아 앉으며, 이안을 응시했다.

이안은 긴장한 채 그녀와 시선을 마주쳤고, 릴리아나의 붉은 입술이 천천히 떨어졌다.

"그런데 그대는 참 운이 좋아요."

"그건 무슨 말입니까?"

"다행히도 나는 파괴마들을 별로 좋아하지 않거든요. 만약 내가 온건파가 아닌 강경파였다면, 그대는 날 대면하기도 전에 죽은 목숨이었겠죠. 또는 뇌옥에 갇혔든가."

이안은 그제야 지금의 상황이 이해가 되었다.

'파괴마라…… 그랬던 거였군. 그렇다면 릴리아나라는 저 마왕은 온건파?'

이안의 머리가 빠르게 회전하기 시작했다.

'그리고 반마인 내게 호의적이었던 마왕 레카르도도 온건파일 확률이 높겠고…….'

릴리아나와의 대화, 그리고 지금까지의 정황을 통해 이안은 마계의 정세를 대략적으로나마 깨달았다.

릴리아나의 말이 이어졌다.

"그렇다고 내가 당신과 한편이라는 말은 아니에요."

"그 정도야 알고 있습니다."

릴리아나가 입술을 핥았다.

"좋아요. 어쨌든 그대가 여기 혼돈의 마왕성을 찾은 이유, 그것부터 이행하도록 하죠."

이안은 침을 꿀꺽 삼키며 그녀의 다음 말을 기다렸다.

그리고 릴리아나는 다시 입을 여는 대신 가볍게 손뼉을

쳤다.

짝-.

그러자 릴리아나의 옆에 늘어서 있던 마족들 중 하나가 천천히 앞으로 나왔다.

"부르셨습니까, 가주."

릴리아나가 가볍게 고개를 까딱이며 명령했다.

"키르얀, 그대가 저 상급 마족의 상대가 되어 주도록 하라."

릴리아나의 앞에 나온 우락부락한 덩치의 마족이 부복해 보이며 걸걸한 목소리로 대답했다.

"명을 받듭니다!"

마계의 노블레스 계급은, 말 그대로 '귀족'을 의미한다.

노블레스가 되면 마계의 귀족이 되어, 진정한 마계의 기득권층으로 올라서는 것이다.

그리고 힘이 곧 법인 마계에서는 당연히 그 계급이 힘에 의해 정해진다.

노블레스들은 마계의 기득권을 누릴 자격이 있는 강자들이라는 이야기였다.

이안이 작은 목소리로 중얼거렸다.

"키르얀이라고 했나? 저 마족은 서열이 어느 정도일까?"

마계에서 노블레스의 기준은, 조금 복잡했다.

표면적으로는 정확히 마계 서열 1천 위까지 노블레스의 자격을 인정받는데, 재미있는 것은 서열이 1천 위 밖으로 밀려난다고 해서 계급이 강등당하거나 하지는 않는다는 것이었다.

최초에 노블레스가 되기 위해서는 서열 1천 위 안쪽의 노블레스를 상대로 승리해야만 하지만, 한 번 노블레스가 된 이후에는 다시 상급 마족으로 떨어지는 경우가 없다는 이야기다.

대신에 1천등 밖으로 밀려난 노블레스 마족은 '서열 외' 처리를 받고 마계의 실세에서 밀려나게 된다.

이안의 옆에 둥둥 떠 있던 카카가 이안의 혼잣말에 대꾸했다.

"혼돈의 도시는 서열 6위인 릴리아나가 주인으로 있는 것만 봐도 알 수 있겠지만, 마계의 여러 도시들 중에도 상위 클래스의 도시라고 할 수 있다."

"그렇겠지."

카카의 말이 이어졌다.

"릴리아나의 가신인 저 노블레스 마족 또한 분명 한자리 꿰차고 있을 거고, 이 정도면 마계에서는 엄청난 권력자라고 할 수 있을 텐데……."

잠시 고민하던 카카가 키르얀을 응시하며 천천히 입을 열었다.

"못해도 마계 서열 500위 정도는 된다고 생각해야 할 것 같다, 주인아."

카카의 말에 이안은 고개를 갸우뚱했다.

"음? 이런 거대한 도시의 관료로 있는 노블레스가, 고작 500위 밖에 안 된다고?"

카카가 고개를 도리도리 저으며 대답했다.

"고작 500위가 아니다, 주인아. 일단 서열 1위부터 100위까지는 마왕들이고, 200위부터 400위 사이에 있는 노블레스들은 대부분 마계의 중심인 신마전神魔殿의 관료로 들어가 있을 것이다. 마계 서열 500위는 절대로 무시할 수 있는 서열이 아니지."

"신마전? 그건 또 뭐야."

처음 듣는 단어에 이안의 호기심이 발동했지만, 카카는 곧바로 그에 대한 답을 주지 않았다.

"그건 다음에 얘기해 주도록 하겠다, 주인아. 아직은 주인과 관련 없는 곳이고, 나도 정보를 좀 더 모아야 한다."

"정보를 모은다고? 어디서?"

카카가 인상을 쓰며 대답했다.

"그만 좀 물어봐라, 주인아. 이제 얀쿤의 승급전이 시작된다."

그 말에 이안은 일단 호기심을 접고, 얀쿤과 키르얀이 대치하고 있는 제단을 향해 시선을 돌렸다.

마왕 릴리아나는 이안의 반대편에 앉아 그 모습을 흥미롭게 응시하고 있었다.

노블레스 마족 키르얀은 마왕 릴리아나의 가신들 중에 가장 서열이 낮은 노블레스였다.

그렇다고는 해도 마계 전체 서열 450위 전후를 지속적으로 유지하는 마계의 진성 귀족이다.

그는 이제 갓 승급전을 시작하는 상급 마족 나부랭이가 자신에게 도전했다는 것이 심히 불쾌했다.

'건방진 놈. 격이 다르다는 것이 어떤 건지 확실히 보여 주도록 하지.'

키르얀은 성큼성큼 걸음을 옮기며 자신의 애병愛兵을 쓰다듬었다.

그의 무기는 추가 세 개 달린 거대한 철퇴였다.

무시무시한 외형을 가진 흉악스러운 병기였지만 얀쿤의 무기도 만만치 않았다.

얀쿤의 손에 들린 것은 거대한 대검이었는데, 검날의 크기가 거의 집채만 한 수준이었다.

이안이 씨익 웃으며 속으로 중얼거렸다.

'저걸 처음 획득했을 땐 정말 얀쿤을 위한 무기라고 생각

했지.'

원래 얀쿤은 두 가지의 무기를 사용할 줄 알았다.

그중 하나는 대검大劍이고 다른 하나는 대부大斧다.

그런데 지금 얀쿤의 무기는 표면적으로는 대검이었으나, 도끼처럼 사용해도 무방할 만큼 검날의 상부가 거대하고 묵직했다.

얼핏 봐서는 도끼인지 대검인지 구분되지 않을 정도로 얀쿤의 무기는 우악스러운 모습을 자랑했다.

그야말로 힘과 힘의 대결이었다.

키르얀은 비릿한 미소를 지으며 천천히 얀쿤에게 접근해 왔다.

"굳어 있는 꼴을 보니 노블레스 승급전이 처음인 애송이로군."

얀쿤은 천천히 고개를 끄덕이며 인정했다.

"그렇다. 하지만 그대에게 질 것 같지는 않군."

부웅─.

얀쿤이 거대한 쇳덩이를 한차례 휘두르며 씨익 웃었다.

명백한 도발에 키르얀의 안색이 붉어졌다.

"놈, 절망을 보여 주도록 하지."

으드득─!

본래는 선공을 양보하려 했던 키르얀이었지만, 얀쿤의 도발에 그런 생각은 몽땅 사라지고 말았다.

키르얀은 눈앞의 애송이를 당장 밟아 쓰러뜨려야 기분이 풀릴 것 같았다.

키르얀은 얀쿤을 향해 달려들었고, 얀쿤 또한 가만히 있지 않았다.

두 마족은 서로를 향해 돌진하기 시작했고, 묵직한 뜀박질 소리가 승급전장에 울려 퍼지기 시작했다.

쿵- 쿵- 쿵-.

두 마족의 거대한 무기가 부딪치며, 장내에 커다란 굉음이 울려 퍼졌다.

콰앙-!

그것은 대격전의 시작이었다.

그리고 한 차례 격렬히 공방을 주고받은 둘은, 살짝 거리를 벌리며 물러섰다.

이안은 그 과정을 유심히 지켜보고 있었다.

"흐으음……."

이안이 낮게 침음성을 흘리자, 옆에 있던 카카가 물었다.

"왜 그러냐, 주인아?"

이안이 낮은 목소리로 말했다.

"저 노블레스 마족. 예상보다 더 강해."

"내가 말했잖아. 서열 6위의 마왕을 모시는 직계 가신이다. 강할 수밖에 없다."

이안의 시선은 키르얀의 생명력 게이지에 고정되어 있었다.

'방금 제대로 된 공격이 들어간 건 아니었지만 최대 생명력의 5퍼센트도 깎지 못했어.'

한편 반대편에 앉아 있던 릴리아나는 한결 여유로운 표정이었다.

키르얀과 달리 얀쿤의 생명력은 거의 10퍼센트도 넘게 깎여 나갔기 때문이다.

그리고 당사자인 키르얀은, 더욱 의기양양한 표정이 되었다.

'맷집이나 공격력이 상급 마족 치고는 괜찮은 수준이기는 하다만, 역시 내 상대는 아니야.'

키르얀은 철퇴를 만지작거리며 얀쿤을 향해 성큼 성큼 다가갔다.

하지만 얀쿤은 의외로 차분하고 여유로운 표정이었다.

"제법…….."

입을 꾹 다문 키르얀이 다시 철퇴를 치켜들었다.

'아직까진 여유가 있다 이건가?'

후웅─.

키르얀은 마치 무력시위라도 하듯 바닥을 향해 철퇴를 휘둘렀다.

그러자 묵직한 소리를 내며 돌바닥이 움푹 패여 나갔다.

콰앙─!

그야말로 어마어마한 파괴력이었다.

하지만 얀쿤은 겁을 먹지 않았다.

얀쿤은 씨익 웃으며 다시 키르얀을 향해 검을 겨누었다.

그리고 두 마족은 천천히 걸음을 옮기며 서로를 탐색하기 시작했다.

한편 이안은, 얀쿤의 표정을 확인하고는 조금 아리송한 기분이 되었다.

'뭐지? 얀쿤은 저렇게 포커페이스를 유지할 만큼 속이 깊은 녀석이 아닌데……?'

이안은 누구보다 얀쿤의 성향을 잘 알았다.

키르얀처럼 다혈질이라고 할 만한 수준은 아니었지만, 무척이나 단순한 성향인 얀쿤이었다.

만약 정말로 손해를 봤다면 순간적으로 표정에 전부 다 드러났을 것이었다.

이안은 턱을 괸 채 고민에 빠졌다.

'대체 뭘까?'

그리고 다음 순간, 이안의 뇌리를 스치고 지나간 것이 있었다.

'혹시 방금…… 단순히 물리적인 공방만 오갔던 건가?'

마기는, 마기를 사용하는 고유 능력을 발동시키지 않는 한 확률에 의해서만 발동하게 되는 고정 대미지였다.

유저가 발동시키고 싶다고 발동시키고, 발동시키고 싶지 않다고 억제시킬 수 있는 그런 종류의 능력이 아니라는 이야기였다.

하지만 방금의 격돌로 두 마족은 최소한 서너 번의 공방은 주고받았을 것이고, 그렇기에 당연히 마기가 한 번은 발동했을 것이라고 생각한 것이다.

그러나 이안의 추측대로라면, 방금의 공방에서는 얀쿤과 키르얀 모두 마기가 발동하지 않은 듯 보였다.

이안은 다시 두 마족이 마주 서 있는 승급전장을 향해 시선을 옮겼다.

그리고 확실히 깨달을 수 있었다.

'그랬던 거였어. 마기 없이 오로지 물리적인 대미지만 주고받았으니, 항마력이라는 믿는 구석이 아직 남아 있었던 거야.'

그렇다면 방금의 격돌로 얀쿤은 얻은 것이 있었다.

그것은 바로 키르얀의 '방심'.

그리고 이것은 기회였다.

'지금 얀쿤이 쓸 수 있는 고유 능력이 뭐가 있지?'

이안은 전투에 집중하며 얀쿤이 가진 고유 능력들에 대해 생각했다.

'마기 집중이야 패시브 능력이니 의미 없고, 마기 분출은 지금 사용해서는 안 되는 고유 능력이고…….'

마기 집중은 얀쿤의 기본적인 전투 능력을 올려 주는 패시브 능력이었고, 마기 분출은 강력한 광역 공격 기술이다.

게다가 마기 분출은 채널링 스킬이었기 때문에, 1:1 싸움에서 더더욱 불필요한 기술이었다.

마기 분출을 발동시킨다면, 스킬의 지속 시간이 끝날 때까지 얀쿤이 움직일 수 없기 때문이었다.

'결국 지금 얀쿤이 쓸 만한 능력은 광란의 전투뿐인데……'

광란의 전투는 짧은 시간 동안 얀쿤의 전투 능력을 폭발적으로 상승시켜 주는 자체 버프 능력.

이안은 얀쿤을 슬쩍 쳐다봤다.

'이 기회를 제대로 살리려면, 곧바로 몰아쳐야 한다. 상대가 판단할 수 있는 기회를 줘선 안 돼.'

마기가 발동한 것은 아니었지만, 방금의 공방으로 인해 키르얀과 얀쿤 사이의 격차는 확실히 알 수 있었다.

쉽게 말해 한 대씩 주고받았는데, 입은 피해는 두 배도 넘어갔다.

그 단편적인 사실 하나만 놓고 추측해 보더라도, 키르얀의 전체적인 전투 능력이 얀쿤보다 몇 수는 위일 것이라는 사실을 도출해 낼 수 있었다.

그렇다면 항마력을 믿고 장기전으로 갔다가는 점점 더 전투가 어려워질 것이었다.

얀쿤이 항마력이 높다는 사실을 상대가 알게 되면 훨씬 더 조심스럽게 전투에 임하게 될 것이었고, 전체적인 스펙이 떨어지는 얀쿤은 결국 패배하게 될 것이다.

'얀쿤이 잘해 줘야 할 텐데……'

야쿤은 똑똑한 편이 아니었지만, 전투 감각만은 뛰어나다고 할 수 있었다.

이안은 그것을 믿어 보기로 했다.

그런데 이안의 생각이 전부 정리된 그 순간……

"크아아아!"

넓은 승급전장의 한복판에서, 야쿤이 커다랗게 포효했다.

그리고 이안의 입꼬리가 슬쩍 말려 올라갔다.

'광란의 전투' 고유 능력이 발동되었다는 사실을 알았기 때문이었다.

'그래, 바로 그거야, 야쿤. 지금 바로 끝내 버리라고.'

마우리아 제국에서 가장 웅장하고 화려한, 그리고 남섬부주 전체를 굽어볼 수 있는 가장 높은 장소.

마우리아 제국의 '황성'에, 두 번째로 들어선 남자가 있었다.

"오호, 그대는 진정 환영문의 후예!"

"그렇습니다, 성왕이시여. 제 사조師祖의 유지를 이어받아 이렇게 폐하를 찾아왔습니다."

짙은 눈매와 강인한 턱선을 가진 남자.

핏빛 장검을 등에 멘 그의 정체는 바로 샤크란이었다.

다크루나 길드가 마계로 넘어가며 그 세가 약해진 뒤, 압도적인 랭킹 1위의 길드가 된 타이탄 길드의 길드 마스터.

그가 이안 이후 아무도 밟지 못했던 마우리아 제국의 땅을 밟은 것이었다.

그리고 거기에다가 이곳에서 샤크란은 그가 가지고 있던 히든 클래스의 숨겨진 관련 퀘스트를 찾아내었다.

'후후, 이런 어마어마한 신규 필드가 존재했을 줄이야.'

샤크란은 자신이 마우리아 제국을 처음 찾아낸 것으로 착각하고 있었다.

하지만 그 착각은 금방 깨어졌다.

"그러고 보니 그대에게선 얼마 전에 보았던 젊은 소영웅과 비슷한 기운이 느껴지는군."

샤크란이 움찔하며 대꾸했다.

"그는 누구입니까?"

성왕이 인자한 미소를 지으며 대답했다.

"그의 이름은 이안. 정말 용맹스러운 청년이었지. 바로 한 달 전 쯤, 내 보물을 빌리러 이 황성에 찾아왔었다네."

그 말에 샤크란은 허탈함을 느낄 수밖에 없었다.

'뭐야, 그럼 이안 그 꼬맹이는 벌써 한 달 전에 여기 제국의 관문을 전부 통과하고 황제를 만났었다는 얘기야?'

샤크란은 속으로 툴툴거리며 곰곰이 생각해 보았다.

'가만, 한 달 전이라면 차원 전쟁이 한창이었던 시점인데……'

샤크란은 곧, 이안이 차원 전쟁 기간에 이 모든 퀘스트를 거치고도 공적치 1위를 차지했다는 사실을 깨달을 수 있었다.

'후우, 진짜 미친놈이로군.'

하지만 그렇다고 해서 의욕이 없어진다거나 넘을 수 없는 벽 같은 것을 느낀 것은 아니었다.

오히려 샤크란은 더욱 호승심을 불태울 수 있었다.

'이번에는 변명할 수 없을 정도로 완벽한 패배지만, 곧 다시 따라잡아 주지, 후후.'

그리고 그런 그의 자신감은 충분한 근거가 있는 것이었다.

그 증거가 바로, 눈앞의 단상에 놓여 있는 황금빛의 책자였다.

샤크란의 입이 천천히 열렸다.

"이안은 저도 익히 알고 있는 인물입니다."

황제가 반색하며 물었다.

"오호, 그런가? 자네의 세계에서 그는 어떤 인물이지?"

황제는 이안을 무척이나 높이 평가하고 있는 듯 보였고, 그럴수록 샤크란의 승부욕은 더욱 불타올랐다.

하지만 그렇다고 해서 시기하는 것은 아니었다.

"그는 확실히 대단한 인물입니다. 그가 있었기에 우리는 마계의 침공을 막을 수 있었습니다."

황제의 입가에 미소가 떠올랐다.

"과연 그렇군."

그는 수염을 쓰다듬으며 천천히 말을 이었다.

"그리고 환영문의 진전을 이은 자네 또한, 분명히 대단한 인물이겠지."

샤크란은 살짝 고개를 숙여 보이며 대답했다.

"실망시켜 드리지 않을 것입니다."

샤크란은 겸손한 편이 아니었다.

자신감 넘치고 직설적인 것이 바로 그의 성향.

일반적인 유저였다면 황제의 기세에 눌려 겸양을 보였을 방금의 상황에서도, 샤크란은 굳이 자신을 낮추지 않았다.

하지만 샤크란이 거만하다는 이야기는 아니었다.

샤크란은 선을 넘지 않는 '당당함'을 가지고 있었다.

황제는 만족스러운 미소를 지었다.

"좋아, 기대해 보도록 하지."

말을 마친 황제는 단상에 놓여 있던 황금빛 책자를 집어 들었다.

그리고 그것을 샤크란에게 넘겨주었다.

"받게, 이것이 바로 환영문의 비전이 담긴 '환영비서'일세."

"감사합니다."

샤크란은 망설이지 않고 책자를 받아들었고, 그와 동시에 그의 시야에 수많은 시스템 메시지가 떠오르기 시작했다.

띠링—.

-'환영문의 비밀Ⅰ' 퀘스트를 완료하셨습니다.

-'환영비서幻影秘書' 아이템을 획득하셨습니다.

-명성치를 20만 만큼 획득하셨습니다.

-경험치를 95,700,000만큼 획득하셨습니다.

그리고 시스템 메시지의 최하단에 떠오른 한 줄의 메시지를 확인한 샤크란의 입꼬리가 슬쩍 말려 올라갔다.

-히든 클래스 '환영검객幻影劍客'의 티어가 한 단계 상승합니다.

보는 이로 하여금 손에 땀을 쥐게 하는 격렬한 승부가 펼쳐졌다.

결론부터 얘기하자면, 힘과 힘의 대결에서 얀쿤은 승리를 거두었다.

키르얀이 방심한 탓도 분명히 있었지만, 얀쿤이 잘 싸워 준 것만은 부정할 수 없는 사실이었다.

'휴우, 이겼다!'

사실 얀쿤의 승급전 도전은 이안으로서도 꽤 위험한 도박이었다.

물론 무턱대고 걸었던 도박은 아니었다.

이안은 차원 전쟁에서 노블레스 등급의 마족도 제법 상대해 보았고, 객관적으로 7할 이상의 성공 확률은 있다고 생각했다.

어쨌든 결과는 성공이었고, 승급전장은 침묵에 빠져 있었다.

—마왕 릴리아나의 가신 '키르얀'의 생명력이 10퍼센트 이하로 떨어졌습니다.

—승급전의 룰에 의해 전투가 종료됩니다.

—가신 '얀쿤'이 '키르얀'에게 승리했습니다.

—37,698위였던 '얀쿤'의 마계 서열이 438위로 상향 조정됩니다.

—가신 '얀쿤'이 노블레스로의 승급을 위한 모든 조건을 충족했습니다.

연달아 떠오르는 시스템 메시지를 보며 이안은 히죽거렸다.

'좋아, 좋아.'

이안의 이번 마계 여정의 최종 목표는, 최고의 마수를 연성해 내는 것이었다.

얀쿤의 노블레스 승급은 예정에 없었던 일이었고, 그렇기에 더욱 기분이 좋았다.

이안은 승급전장에서 저벅저벅 걸어 나오는 얀쿤을 향해 씨익 웃어 보였다.

"수고했다, 얀쿤."

얀쿤이 이안을 향해 살짝 고개를 숙여 보였다.

"고맙다, 주인. 그대 덕분이다."

가볍게 이안에게 감사의 인사를 한 얀쿤은, 계속 걸음을 옮겨 마왕 릴리아나의 앞으로 다가갔다.

그의 왼편에는 승급전에서 패배한 키르얀이 침울한 표정

으로 서 있었다.

야쿤을 흥미로운 표정으로 응시하던 릴리아나가 천천히 입을 열었다.

"놀라운 일이군요. 상급 마족, 그것도 첫 승급전을 치르는 상급 마족이 서열 500위권인 키르얀을 상대로 승리할 줄이야."

야쿤은 말없이 마계의 예를 취해 보였고, 키르얀 또한 분한 얼굴이었지만 받아들이는 모습이었다.

사실 마계에서 이런 케이스는 정말 거의 없다시피 한, 드문 경우였다.

릴리아나의 두 눈이 붉게 빛나기 시작했다.

그것은 마왕이 자신의 권능을 사용할 때 나타나는 현상이었다.

릴리아나가 지금까지와는 다른 묵직한 목소리로 입을 열었다.

"나, 마왕 릴리아나는 상급 마족 야쿤이 지금 이 시간부로 노블레스가 되었음을 인정하노라."

우우웅―!

릴리아나의 손을 떠난 붉은 빛이, 야쿤의 전신을 휘감기 시작했다.

그리고 그 광경을 지켜보는 마족들의 얼굴에는 제각기 다른 표정이 떠올라 있었다.

이미 노블레스 이상인 고위 마족들의 경우에는 거의 호기심에 가까웠고, 상급 이하의 마족들의 경우에는 부러움이 담긴 표정이었다.

애초에 노블레스부터는 승급 자체가 무척이나 어려웠다.

노블레스로 승급하는 순간 능력치 자체가 대폭 상승하게 되고 마족으로서의 권능도 강해지게 되는데, 그 강해진 권능을 기본 능력으로 메울 정도까지 성장해야 노블레스가 될 수 있다는 얘기였으니까.

그리고 이것은 마왕으로의 승급에도 마찬가지로 적용되는 부분이었다.

게다가 마왕의 권능과 노블레스의 권능에는 하늘과 땅만큼의 차이가 있었다.

그렇기 때문에 노블레스가 마왕으로 승급하는 케이스는 아예 없다고 봐도 좋은 수준이었다.

이안은 뿌듯한 표정으로 얀쿤을 응시하고 있었고, 그의 눈앞에 다시 시스템 메시지가 떠오르기 시작했다.

띠링-.

-마왕의 권능이 발동합니다.

-가신 '얀쿤'이 마족 계급이, '상급 마족'에서 '노블레스'로 승급합니다.

-가신 '얀쿤'의 모든 전투 능력이 5퍼센트만큼 상승합니다.

-가신 '얀쿤'의 마기 능력치가 10퍼센트만큼 증가합니다.

-가신 '얀쿤'의 마기 발동률 능력치가 2퍼센트만큼 증가합니다.

−가신 '얀쿤'의 항마력 능력치가 2퍼센트만큼 증가합니다.

−'노블레스'로서의 '권능' 슬롯이 생성됩니다.(봉인)

흐뭇하게 시스템 메시지를 읽어 내려가던 이안의 시선이 중간 정도에서 우뚝 멈춰 섰다.

'이건 뭐지? 노블레스로서의 권능? 그런데 생성된 거면 생성된 거지, 봉인은 또 뭐야?'

일단 이안은 모든 메시지를 전부 읽었지만, 떠오른 시스템 메시지들 중 이해가 되지 않는 부분은 그곳뿐이었다.

이안이 이런저런 추측을 해 보던 중 얀쿤의 노블레스 승급 의식이 끝났고, 마왕 릴리아나가 문득 이안을 향해 시선을 돌렸다.

그녀의 눈에는 이채가 살짝 어려 있었다.

"이안, 얀쿤이 모시는 주인이 그대였던가요?"

이안은 별생각 없이 대답했다.

"그렇습니다만."

그리고 릴리아나가 낮은 목소리로 중얼거렸다.

"그래서 그랬던 거였군⋯⋯."

그 말에 궁금증이 생긴 이안이 물었다.

"뭐가 말입니까? 그래서 그랬던 거였다뇨?"

릴리아나가 입가에 미소를 띠우며 말했다.

"지금 당신의 가신인 얀쿤이 노블레스가 되었어요."

당연한 얘기였기에 이안은 대답치 않고 릴리아나의 다음

말을 기다렸다.

"한데 노블레스가 되었음에도 얀쿤에게는 노블레스의 권능이 허락되지 않더군요."

그 말에 이안의 눈이 살짝 커졌다.

방금 전까지 고민하던 이야기였기 때문이었다.

이안이 릴리아나에게 다시 물었다.

"그……런데요?"

"조금 의아했는데, 그 이유를 이제 알겠어요."

살짝 뜸을 들인 릴리아나가 말을 이었다.

"그건 바로 당신 때문이에요."

북부 대륙의 동부 지역에서 가장 커다란 영토와 성세를 자랑하는 영지.

또한 로터스 길드가 최초로 깃발을 꽂았던 거점지이자, 이안이 영주로 있는, 그리고 '소환술사의 영지'라고 불리기도 하는 이곳.

'로터스 영지'는 계속해서 그 세가 커지고 있었다.

그리고 이에 최고의 일등 공신은, 당연히 처음 로터스 영지의 성장 기반이 되었던 '소환수 조련소'였다.

하지만 이제는 그 외에도, 다양한 소환술사의 편의와 관련

된 시설물들이 생겨나고 있었다.

그것들 중에는 이진욱 교수가 새로 개척한 시설물도 있었지만, 다른 유저들이 가져온 콘텐츠들도 있었다.

사실 이것은 당연한 현상이었다.

카일란에서 소환술사가 가장 많이 거주하는 곳이 바로 이 로터스 영지였고, 그렇다면 그 관련 생산 클래스를 가진 유저들은 전부 이곳에 모일 수밖에 없는 것이었다.

그래서 유저들은 이곳을 '서머너즈 밸리Summoner's Vally'라는 별칭으로 부르기도 했다.

그리고 수많은 사람들로 붐비는 '소환술사들의 계곡' 한편에서, 훈이와 카노엘이 어디론가 향해 걷고 있었다.

"아오, 제기랄. 이게 대체 무슨 퀘스트야! 빌어먹을."

툴툴거리는 훈이를 향해 옆에서 걷던 카노엘이 피식 웃으며 얘기했다.

"그래서, 그 '데이드몬의 서'인가 하는 아이템을 찾으려면 마계로 가야 한다는 거야?"

카노엘의 말에 훈이가 고개를 끄덕이며 대답했다.

"응, 그렇다니까? 아니, 개발사에서 아예 마계로 가는 길 자체를 없앴는데 퀘스트 진행을 어떻게 하라는 거냐고. 망할!"

훈이가 투덜거리는 이유는 다른 것이 아니었다.

훈이는 차원 전쟁이 끝난 후 직업 관련 퀘스트를 받았는데, 그것을 진행하던 도중 자신의 클래스와 관련된 히든 피스를 발견했다.

그런데 문제가 하나 있었다.

계속되는 퀘스트를 진행하려면 마계에 가야 한다는 사실을 알게 된 것이었다.

'그리고 마계는 이제 인간 종족의 유저가 갈 수 없는 곳이 되었는데…….'

씩씩거리는 훈이를 향해 카노엘이 말했다.

"그럼 한번 고객 센터에 문의라도 해 봐. 이건 기획부터 좀 잘못된 거 아니냐? 개발 자체가 잘못된 거니까 어떻게 고쳐 주지 않을까?"

하지만 훈이는 천천히 고개를 저었다.

"아니, 전혀 그럴 리가 없어, 형."

"왜?"

"사실 마계로 가는 방법이 없는 게 아니잖아."

"으응?"

훈이가 한숨을 푹 쉬며 대답했다.

"내 생각에 이 퀘스트는, 마족으로 종족 변경을 해야 끝까지 진행할 수 있게 설계된 퀘스트인 것 같아."

"어어? 듣고 보니 뭔가 그림이 그려지는데?"

차원 전쟁이 지속되던 동안 마신의 제단에서 받을 수 있었던 종족 변경 퀘스트.

사실 그것은 차원 전쟁이 끝나면서 함께 사라졌다.

애초에 마족이라는 종족이 새로 생성되면서 일시적으로 만들었던 퀘스트였기 때문이었다.

그런데 바로 일주일 전쯤, LB사에서 마족으로 종족 변환을 할 수 있는 새로운 퀘스트를 다시 생성시켰다.

그러던 차에 훈이에게 이런 퀘스트가 주어졌으니, 뭔가 시기가 딱딱 맞아떨어진다는 느낌이었다.

"이제 알겠지? 이건 기획 단계에서의 실수가 아니라 의도인 것 같아, 형."

카노엘도 고개를 끄덕이며 대답했다.

"확실히 그러네. 개발사에서 어지간히 마족을 밀어주는 것 같아."

하지만 훈이는 마족으로 종족 변환을 할 생각이 추호도 없었다.

그는 얼마 전, 피올란이 오래 꼬드긴 끝에 로터스 길드에 정식으로 들어왔고, 지금의 길드 생활이 무척이나 마음에 들었다.

항상 혼자 게임하는 걸 고집하던 훈이에게는 작지만 큰 변화였고, 그로 인해 요즘 카일란이 더욱 재밌어지는 중이었으니까.

'마족의 종족 메리트가 크게 끌리는 편도 아니고.'

잠시간 이런저런 생각을 하며 카노엘을 따라 걷던 훈이가, 중얼거리듯 카노엘에게 말했다.

"그런데 형."

"응?"

"혹시, 종족 변환을 하는 것 말고도 마계로 갈 수 있는 어떤 방법이 있지는 않을까?"

"그게 저 때문이라니… 무슨 말이죠?"

이안은 당황했다.

자신 때문에 얀쿤의 노블레스 권능이 봉인된 것이라니.

아무리 생각해 봐도 이해가 되지 않았던 것이다.

릴리아나가 다시 말을 이었다.

"반마인 것을 떠나서 이안, 그대의 마계 계급은 상급 마족. 그리고 얀쿤의 마계 계급은 노블레스."

이안과 얀쿤을 번갈아 응시한 릴리아나가 다시 입을 떼었다.

"마계에서는 가신이 주인으로 모시는 이에게 허락되지 않은 마족의 권능을 발현할 수 없게 되어 있습니다. 그것은 태초에 마신께서 정하신 율법이죠."

그리고 이 말을 듣자마자, 이안의 입에서 '아' 하는 탄성이 흘러나왔다.

"그런……."

이안은 아쉬운 표정이 되어 입맛을 다셨다.

'하긴, 지금 생각해 보니 계급이 더 높은 얀쿤이 내 가신이라는 것 자체가 좀 아이러니이긴 하네.'

그리고 그런 이안의 생각을 읽기라도 하듯 릴리아나가 말을 이었다.

"원래 상급 마족은 노블레스 마족을 가신으로 받을 수 없어요. 하지만 이런 경우는 원래 있던 가신이 승급에 성공한 경우이니 무척이나 특이한 케이스죠."

이안은 확실히 이해가 되는 것을 느꼈다.

"그렇군요."

하지만 그렇다고 해서 실망스러운 정도는 아니었다.

어차피 뭔지도 모르는 권능, 당장 사용하지 않는다고 해서 사라지는 것도 아니었으니.

언젠가 이안이 노블레스로 승급하게 된다면, 자연히 얀쿤의 권능도 봉인이 풀릴 것이다.

그리고 얀쿤의 전투 능력은 노블레스에 걸맞게 이미 성장한 상태였다.

'그거면 충분하지.'

그런데 생각을 정리한 이안이 고개를 주억거리고 있던 그때, 릴리아나가 이안을 향해 의미심장한 미소를 지으며 입을 열었다.

"그래서 말인데요."

"예?"

"내가 이안, 그대에게 괜찮은 제안을 하나 할까 하는데……."

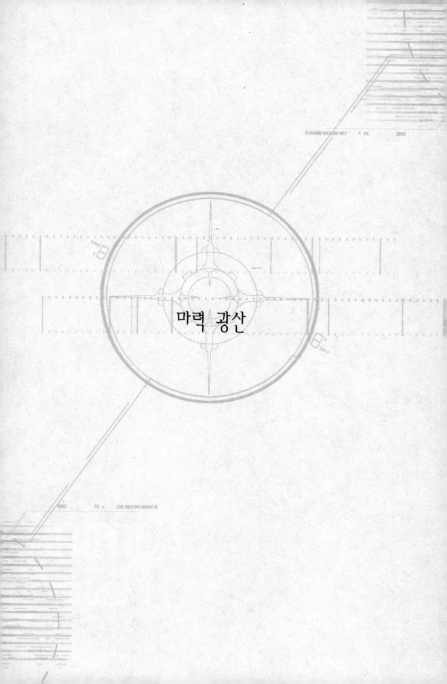

마력 광산

Taming Master

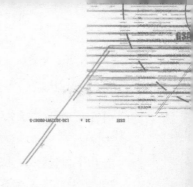

'제안이라…… 숨겨진 퀘스트라도 발동하는 건가?'

이안은 기대감어린 표정으로 릴리아나에게 물었다.

"어떤 제안이죠?"

"혹시 그대는 마계에 있는 마력 광산에 대해 알고 있나요?"

"마력 광산요?"

"그래요, 마력 광산. 아마 그대의 옆에 있는 카르가 팬텀이라면 알고 있을 법한데……."

릴리아나의 말에, 이안의 시선이 자동으로 카카를 향했다.

그리고 카카가 한숨을 푹 쉬며 입을 열었다.

"마력 광산이라면, 모르려야 모를 수가 없는 곳이다, 주인아."

이안이 의아한 표정으로 물었다.

"어째서?"

카카가 씁쓸한 표정으로 대답했다.

"마계의 모든 노예는 노예 시장에 나오기 전에 마력 광산에서 3년간 사역을 하기 때문이지."

이안은 조금 미안한 표정이 되었다.

어쨌든 카카의 입장에서는 별로 좋은 기억이 아닐 것이기 때문이었다.

"그런…… 몰랐어, 미안해."

카카가 피식 웃으며 대답했다.

"그렇게 미안해할 필요는 없다, 주인아. 나는 이미 3천 년이 넘는 시간을 살아온 존재. 3년 정도의 시간은 나에게 아무것도 아니니까."

그리고 잠시 뜸을 들인 카카가 마력 광산에 대한 설명을 시작했다.

"마력 광산에 대해 간단하게 설명하면, 마정석과 마령석, 각종 능력석 등 희귀한 마계의 광물들을 채취할 수 있는 광산이다."

"오오."

카카의 설명을 듣자마자, 이안은 반색했다.

'뭐야, 어마어마한데?'

이안의 표정을 확인한 뒤 피식 웃은 릴리아나가 다시 입을 열었다.

"마계 25구역, 동북부 지역에, 얼마 전에 발견된 마력 광산이 하나 있어요. 아직까지 그 누구의 손도 닿지 않은, 알짜배기 광산이죠."

이안의 시선이 릴리아나에게 고정되었다.

"그래서요?"

잠시 뜸을 들인 릴리아나가 천천히 입을 열었다.

"현재 그 광산의 소유권은 당연히 내게 있습니다. 그리고 만약 그대가 얀쿤을 내게 넘긴다면, 그대에게 마력 광산의 소유권을 주겠어요. 어떤가요?"

그야말로 파격적인 제안이었다.

마력 광산에 대한 구체적인 정보를 모르는 이안이었지만, 그가 느끼기에도 마력 광산은 어마어마한 가치를 가지고 있는 것 같았다.

'어떡하지? 지금까지 열심히 키운 얀쿤이 아깝기는 하지만……'

얀쿤은 아무 말 없이 눈을 감고 있었고, 릴리아나는 흥미로운 표정으로 이안의 다음 말을 기다렸다.

그런데 그때, 카카가 속삭이듯 이안의 귀에 대고 말했다.

"주인아, 광산의 스펙을 물어봐라. 광산도 광산 나름이다."

그리고 이안이 곧바로 입을 열었다.

"마왕께선 구체적인 마력 광산의 스펙을 알려 주실 수 있으십니까?"

이안의 질문에 릴리아나가 고개를 끄덕이며 순순히 대답했다.

"물론 가능합니다. 이것은 엄연한 거래. 그대에게 그 정도의 권리는 있지요."

말을 마친 릴리아나는 허공에 손을 뻗었다.

그러자 이안의 눈앞에 붉은 빛이 맺히기 시작하더니, 둘둘 말려 있는 서류 하나가 생겨났다.

그리고 이안이 그것을 받아들자, 그것은 마치 아이템 정보 창과 비슷한 하나의 정보 창이 펼쳐졌다.

띠링-

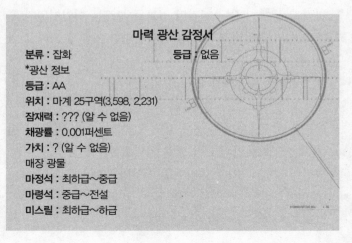

마력 광산 감정서

분류 : 잡화   **등급** : 없음
*광산 정보
등급 : AA
위치 : 마계 25구역(3,598, 2,231)
잠재력 : ??? (알 수 없음)
채광률 : 0.001퍼센트
가치 : ? (알 수 없음)
매장 광물
마정석 : 최하급~중급
마령석 : 중급~전설
미스릴 : 최하급~하급

추정 매장 광물
능력석 : ? (알 수 없음)
영혼석 : ? (알 수 없음)
화염 마석 : ? (알 수 없음)
*AA등급으로 추정되는 미채굴 광산의 감정서이다.
*잠재력에 따라 더 높은 등급의 광물이 채취되거나 새로운 광맥을 찾아
낸다면, 더 높은 등급으로 승격될 수도 있다.

이안은 '감정서'라 쓰인 정보 창을 꼼꼼히 읽어 내려갔다.

길게 늘어져 있는 감정서에 담긴 새로운 정보들.

새로운 콘텐츠는 항상 이안을 흥분하게 만들었다.

이안이 천천히 입을 열었다.

"릴리아나 님, 그런데 알 수 없음이라고 되어 있는 부분이 많은 것은 무슨 이유죠?"

그에 릴리아나가 웃으며 대답했다.

"아직 미개발 광산이니까요. 광산 가치 감정을 위한 최소한의 채굴만 했을 뿐, 보다시피 제법 커다란 잠재력을 가진 광산이죠."

이안은 침을 꿀꺽 삼켰다.

'매장 광물'과 '추정 매장 광물'이라는 제목 아래로 쭉 나열되어 있는 광물들은, 대부분 이안이 알지 못하는 아이템들이었다.

광물 목록에서 이안이 알고 있는 광물은 마정석과 마령석,

그리고 능력석과 영혼석 정도.

하지만 그 정도만으로도 광산의 메리트는 충분했다.

'채굴 가능한 마정석의 최대 등급이 중급인 건 좀 아쉽지만, 전설 등급의 마령석이라니.'

능력석이나 영혼석은 추정 매장 광물이니 일단 제쳐 두고, 이안이 가장 관심을 가진 것은 전설 등급의 마령석이었다.

전설 등급의 마령석은 무려 전설 등급의 마수를 분해해야만 얻을 수 있는 귀한 광물이다.

게다가 지금의 이안에게 꼭 필요한 아이템이기도 했다.

최강의 마수를 연성해 내기 위해서는 전설 등급의 마령석의 도움이 필수적인 것이다.

'전설 등급의 마령석이라면 극악할 게 분명한 마수 연성의 성공률을 대폭 증가시켜 줄 거야.'

이안의 마음이 점점 릴리아나의 제안을 받아들이는 쪽으로 기울어갈 때, 릴리아나가 또다시 입을 열었다.

"이 제안은 그대뿐 아니라, 그대의 가신인 얀쿤을 위해서라도 받아들여야만 할 제안입니다."

"얀쿤을 위해서라고요?"

릴리아나가 고개를 끄덕였다.

"당연한 얘깁니다. 고작 상급 마족에 불과한 그대의 밑에 있는 것보다는, 마왕인 내 밑에 있는 것이 얀쿤의 성장에 훨씬 많은 도움이 되겠죠."

릴리아나의 말은 계속되었다.

"또한 얀쿤이 나의 가신이 된다고 하여, 그대와의 정리情理가 사라지는 것은 아니죠. 만일 얀쿤이 내 밑에서 성장하여, 후일 신마전에라도 들어가게 된다면 그대에게도 큰 도움이 되지 않을까요?"

"으음……."

릴리아나의 말은 틀린 것이 하나도 없었다.

그랬기에 이안은 더 이상 고민할 이유가 없었다.

이안이 얀쿤에게 물었다.

"얀쿤, 괜찮겠어?"

얀쿤과 이안의 시선이 마주쳤다.

그리고 얀쿤이 고개를 숙여 보였다.

"나는 떠나더라도 주인을 잊지 않을 것이다."

그렇게 마왕 릴리아나와의 거래는 성립되었다.

릴리아나와의 거래를 마친 후, 이안은 곧바로 마계 25구역을 향해 이동했다.

마력 광산은 예정에 없었던 것이었지만, 원래 목적지였던 15구역의 '잊힌 영혼의 무덤'을 잠시 미뤄 둘 정도로 중요한 콘텐츠였다.

심지어 이안은 그 좋아하는 사냥도 제쳐 놓고 25구역으로의 이동을 최우선했다.

최소한의 몬스터만을 사냥하고 빠르게 25구역까지 주파한 것이었다.

　　그 결과 이안은 사흘 정도 만에 25구역에 도착할 수 있었다.

　　30구역에서 25구역까지의 관문지기들은 전부 릴리아나의 휘하에 있는 마족들이었고, 덕분에 프리패스가 가능했다는 것도 큰 도움이 되었다.

　　띠링-.

　　-마계 25구역에 최초로 입장하셨습니다.

　　-명성을 5만만큼 획득합니다.

　　-앞으로 일주일간 마계 25구역에서 획득하는 모든 마계 관련 스텟들이 한 배 반만큼 증가합니다.

　　-앞으로 일주일 간 경험치 획득량이 2배로 증가하며, 아이템 드롭률도 두 배로 상향 조정됩니다.

　　떠오르는 메시지들을 확인할 겨를도 없이, 이안은 지도 창을 열고 좌표를 확인했다.

　　"보자, 여기 위치가……."

　　카일란에서 기본적으로 제공되는 지도는 유저가 아직 가보지 못한 지역은 보여 주지 않는다.

　　하지만 처음 들어서는 지역이라고 하더라도 현재 유저의 위치는 좌표로 표시되어 나타난다.

　　-마계 25구역(126, 1,156).

　　'광산이 있는 위치는 3,598에 2,231이라고 했었지. 동쪽으

로 한참 움직여야겠군.'

좌표에 나타나는 왼쪽의 숫자는 동쪽으로 이동할수록 수치가 커지게 되며, 오른쪽의 숫자는 북쪽으로 이동할수록 수치가 커지게 된다.

광산은 현재 이안의 위치에서 북동쪽으로 한참을 움직여야 나타날 것이다.

"휘유, 좀 가까이 있으면 어디 덧나나."

이안의 중얼거림에 카카가 피식 웃으며 대꾸했다.

"너무 급하게 굴지 마라, 주인아. 조금 늦게 간다고 광산 어디 안 도망간다."

이안이 투덜거리며 걸음을 떼었다.

"싫어, 빨리 갈 거야."

이안의 시선이 카이자르를 향해 움직였다.

"카이자르, 전투는 최대한 생략하고 일단 뚫고 가자. 광산까지 반나절 안으로 끊어 보자고."

카이자르는 대수롭지 않다는 표정으로 고개를 끄덕였다.

"알겠다, 주인."

하지만 광산까지의 길은 멀고도 험했다.

이안의 목표였던 반나절은커녕, 하루가 전부 다 지나가도록 이안 일행은 광산에 도착하지 못했다.

25구역이 되면서 갑자기 마수들의 평균 레벨이 확 올라간 것이었다.

26구역까지만 하더라도 필드에 300레벨이 넘는 마수는 많지 않았는데, 25구역에 들어서니 300레벨 이하인 마수를 찾아볼 수가 없을 정도였다.

　그리고 레벨이 300쯤 되니 중급의 마수들이라고 해도 쉬이 볼 수 없었다.

　"어후, 진이 다 빠지네."

　이안의 시야에 시스템 메시지가 몇 줄 떠올랐다.

　-접속한 지 22시간이 경과하셨습니다.

　-과도한 게임 이용은 일상생활에 지장을 줄 수 있…….

　이안 게임 인생에 단 한 번도 신경 써 본 역사가 없는 경고 메시지였다.

　'22시간이 아니라 32시간이라도 오늘 광산은 꼭 보고 자야겠어.'

　이안은 다시 눈에 불을 켜고 광산을 찾아 움직였고, 그 결과 3시간 만에 드디어 마력 광산에 도착할 수 있었다.

　띠링-.

　-최초로 '마력 광산'을 발견하셨습니다.

　-광산 등급 : AA

　-명성치를 10만 만큼 획득합니다.

　-유저 '이안'의 소유인 마력 광산입니다.

　-본인 소유의 마력 광산이므로, 입장이 가능합니다.

　-마력 광산에 입장하시겠습니까? (Y/N)

당연한 이야기겠지만, 이안은 망설임 없이 발을 내디뎠다.

"당연한 걸 뭘 물어봐?"

우우웅-.

협곡 깊숙한 곳에 있어 좌표를 알고 있음에도 찾아오기 힘들었던 마력 광산.

광산의 입구는 커다란 바위로 만들어진 석굴石窟이었고, 이안이 발을 딛자 광산 안쪽에서 은은한 빛이 새어 나오기 시작했다.

저벅저벅-.

이안은 호기심 어린 표정으로 여기저기를 살펴보며 걸음을 옮겼고, 5분여 정도를 안쪽으로 걸어 들어가자 왼편의 벽면에 작은 석문이 나타났다.

'이건 뭐지?'

이안은 석문에 다가갔고, 그와 동시에 다시 시스템 메시지가 떠올랐다.

띠링-.

-'마력 광산'의 관리 사무소를 발견하셨습니다.

-아직 활성화되지 않았기 때문에 입장이 불가능합니다.

-관리 사무소를 활성화시키기 위해서는, 25,000,000 골드가 필요하며, 최소 2인에서 최대 5인의 사역 노예가 필요합니다.

-골드를 지불하면 자동으로 사역 노예 시장으로 이동됩니다.

-관리 사무소를 활성화시키시겠습니까? (Y/N)

"······뭐라고?"

눈앞에 떠오른 어마어마한 액수에 이안의 입이 쩍 벌어졌다.

이안은 근 몇 달 동안 카일란을 플레이하며 금전적인 부족함을 느껴 본 일이 없었다.

수백만 골드가 넘는 장비들을 매번 레벨에 맞춰 구입하면서도 항상 골드가 남아돌 정도로 이안은 부자였으니까.

'어디 보자, 마정석을 미리 팔아 두길 잘한 건가?'

로터스 영지에서 들어오는 세금부터 시작해, 그동안 무한사냥으로 쌓인 장비들과 잡템들을 팔아 벌어들인 골드들.

그것만으로도 이안은 현금 가치로 억 단위를 훌쩍 상회하는 골드를 가지고 있었다. 하지만 그런 이안에게도 2,500만 골드라는 거금은 결코 가볍게 쓸 수 있는 양이 아니었다.

콘텐츠에 대해 확실히 알면 이야기가 다르겠지만, 아직 마력 광산은 미지의 콘텐츠라고 할 수 있었으니까.

인벤토리에 쌓여 있는 골드량을 확인한 이안이 중얼거렸다.

"음, 지금 수중에 가지고 있는 골드가 3천만 골드니까······."

물론 영지의 금고에 가면 훨씬 많은 액수의 골드가 쌓여 있을 것이다.

하지만 지금 이 광산의 관리 사무소를 활성화하는 것만으로 수중에 있는 골드의 대부분을 소진해 버린다고 생각하니 뭔가 손이 선뜻 가지 않았다.

이안이 카카를 힐끗 보며 불렀다.

"야, 카카."

"왜 부르냐, 주인아?"

"2,500만 골드…… 사용할 가치가 있겠지?"

이안의 물음에 카카는 어이없다는 듯한 표정이 되었다.

"그게 무슨 질문 같지도 않은 질문이냐, 주인아."

카카에게 바보 취급을 당한 이안이 인상을 찌푸리며 되물었다.

"왜?"

"이 광산에서 미스릴 원석 스무 개 정도만 캐도 아마 2,500만 골드보다는 비싼 값에 팔 수 있을 거다."

"어어……?"

이안의 두 눈이 화등잔만 해졌다.

그리고 그 안에 호기심이 가득 찼다.

미스릴 원석은 현재 유저들에게 알려져 있지도 않은 광물이기 때문이었다.

카카의 말이 이어졌다.

"아니, 미스릴뿐만이 아니다. 만약 전설 등급의 마령석이라도 하나 캐는 데 성공한다면, 2,500만 골드 정도는 그대로 통이다."

"그, 그렇군. 확실히 전설 등급의 마령석이라면…….."

전설 등급의 마령석은 무려 전설 등급의 마수를 포획하여 분해했을 때 일정 확률로 얻을 수 있는 광물이다.

지금 누군가 2,500만 골드에 팔겠다고 하더라도 이안 자신이 당장 사 버릴 터였다.

"게다가 나도 사역한 지 너무 오래돼서 잘 기억은 나지 않지만, 어지간한 광산에서 하급 마정석 같은 건 쏟아져 나온다. 말 그대로, 광산의 가치에 비하면 2,500만 골드는 푼돈이라는 얘기다, 주인아."

여기까지 들은 이안은, 더 이상 고민하지 않았다.

'그래, 2500만 골드 정도야, 빡세게 노가다 좀 해서 다시 채우면 되지.'

사실 얀쿤을 대가로 얻은 광산을 써 보지도 않고 썩혀 두는 것은 이안의 성미에 맞지 않았다.

그저 액수가 너무 컸기에 잠시 움찔했던 것일 뿐.

"관리사무소를 활성화한다."

그리고 이안의 말이 끝남과 동시에, 시야에 시스템 메시지가 떠올랐다.

띠링.

−2,500만 골드를 지불하셨습니다.

−마력 광산의 '관리 사무소'가 활성화되었습니다.

－이제부터 광산 관리를 시작합니다.

－모든 설정이 완료되어야 채굴을 시작할 수 있습니다.

떠오른 메시지를 전부 확인한 이안은, 고개를 주억거리며 중얼거렸다.

"뭐 그렇겠지. 관리 사무소가 폼은 아닐 테니."

메시지는 이어서 계속 떠올랐다.

－먼저 최소 2인 이상, 최대 5인 이하의 사역노예를 고용하셔야 합니다.

－노예 시장으로 이동합니다.

이안은 일전에 카카를 고용했었던 마왕성의 노예 경매장 같은 것을 생각했지만, 그의 예상과는 조금 다른 양상으로 진행되었다.

그저 눈앞에 마치 아이템 경매장과 같이 사역 노예들의 목록이 주르륵 떠오른 것이었다.

"이중에 고르면 되는 건가?"

이안의 중얼거림에 카카가 대꾸했다.

"그렇다, 주인아."

이안은 먼저, 노예 목록의 가장 위쪽에 있는 이름을 한번 눌러보았다.

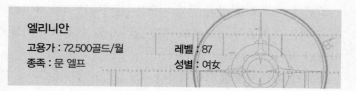

엘리니안

고용가 : 72,500골드/월   **레벨** : 87

종족 : 문 엘프   **성별** : 여女

분류 : 노예　　　　　　　등급 : 일반
성격 : 조심스러움
공격력 : 1,325　　　　　　방어력 : 625
민첩성 : 1,055　　　　　　지능 : 1,950
생명력 : 15,784/15,784
고유 능력A (종족 고유)
 –알 수 없음
달의 여신을 숭상하는 엘프의 일족이다.
태초의 달빛 아래 탄생했다고 알려져 있으며, 무척이나 아름다워 미의
종족이라고도 불리운다.

"헉…….."

이안은 정보 창을 열자마자 헛바람을 집어삼켰다.

그러자 카카가 의아한 표정으로 물었다.

"왜 그러냐, 주인아? 고유 능력도 한 개밖에 없고, 등급도
일반 등급인 최하급 노예인데."

이안은 잠시 머뭇거리더니 대답했다.

"예, 예쁘잖아!"

지금까지 이안이 카일란 안에서 봐 온 모든 여성체 중 가
장 아름다운 이는 이리엘이었다.

그런데 지금 정보 창과 함께 떠오른 '엘리니안'이라는 이름
의 노예는 이리엘과 비교해도 크게 꿀리지 않을 정도로 아름
다웠던 것이다.

카카가 피식 웃으며 툴툴거렸다.

"인간들의 미의 기준은 알 수가 없다. 내가 보기에는 다 거기서 거기인데."

그런데 그때, 이안의 뒤에서 쫄쫄 기어 다니던 뿍뿍이가 한 마디 했다.

"하린에게 다 이를 거다뿍!"

생각지도 못한 뿍뿍이의 날카로운 공격에 이안의 등줄기를 타고 식은땀이 한 줄 흘러내렸다.

"그, 그건 참아 줘, 뿍뿍아."

"싫다뿍."

"그렇다면 나랑 딜을 하는 건 어때?"

"뿌욱?"

"오늘치 미트볼을 세 개 더 줄게. 콜?"

즉각적인 이안의 제안에 잠시 고민에 빠져 있던 뿍뿍이가 천천히 입을 열었다.

"그건 너무 적다뿍."

이안이 조심스레 미트볼 개수를 올렸다.

"그럼 다섯 개?"

뿍뿍이가 고개를 도리도리 저으며 대답했다.

"내 하루 미트볼 할당량을 한 알 더 늘려 줘라뿍. 그렇게 해 준다면 비밀로 해 주겠뿍."

한층 발전한 뿍뿍이의 교섭 능력에, 이안은 대견한 표정이 되었다.

'조삼모사에 당하던 우리 뿍뿍이가 어느새 이렇게……!'

뿍뿍이에게 미트볼을 한 알 꺼내어 던져 준 이안은, 카카에게 시선을 돌렸다.

지금 중요한 것은 사실 뿍뿍이와의 실랑이가 아니었다.

"카카, 조언 좀 해 줘 봐."

"무슨 조언 말이냐, 주인아?"

"지금 나는 전투에 필요한 노예를 구하는 게 아니잖아?"

"그렇지."

"그럼 전투 능력 같은 건 아무 필요 없잖아? 공격력이 높다고 곡괭이질을 잘하진 않을 거 아냐."

이안은 말해 놓고 그럴 수도 있겠다는 생각이 잠시 들었다.

'공격력이 세면 바위가 잘 깨지려나?'

하지만 역시 그런 것은 아니었다.

"그렇다, 주인아. 상식적으로 생각해 봐도, 전투 능력이 채굴에 영향을 줄 리가 없지. 만약 방금 저 엘프 노예를 고용했다면, 뿍뿍이가 아니더라도 내가 하린에게 이르려고 했었다."

"왜!"

"멍청한 주인 놈을 제거해야 내가 새로운 주인을 찾을 거 아니냐."

"……?"

"괴물 같은 주인 놈을 제거할 방법은, 하린에게 고자질하는 것뿐이다."

"크윽."

카카에게 잠시 배신감을 느낀 이안이 다시 말을 이었다.

"그런데 방금 내가 확인한 노예 정보 창에는 광산 채굴에 필요한 정보는 아예 담겨 있지 않던데, 그럼 무슨 기준으로 노예를 고용해야 하는 거야?"

이안의 어깨 옆에 둥둥 떠 있던 카카가 앞쪽의 바위에 내려앉으며 입을 열었다.

"주인아, 지난번 노예 경매장에서 날 고용할 때, 채광에 필요한 능력치에 관한 정보를 확인할 수 있었냐?"

그에 잠시 기억을 더듬어 본 이안은 곧바로 고개를 저었다.

"아니, 없었지."

"그때 봤던 정보 창은 물론, 지금 내 정보 창에도 채광과 관련된 능력치는 전혀 표기된 게 없을 거다."

"생각해 보니 그러네."

고개를 주억거리는 이안을 보며 카카가 말을 이었다.

"애초에 카르가 팬텀인 나도 그렇지만, 문 엘프라는 종족도 채광에 쓰이는 종족이 아니다. 물론 고용해서 시킨다면 하기는 하겠지만, 효율이 아주 나쁘겠지. 강도가 약해서 쉽게 깨어지는 마령석이나, 영혼석 같은 경우에는 제대로 채광도 못 하고 전부 가루로 만들어 버릴지도 모른다."

"그……렇군."

이안은 카카의 말에 수긍했다.

하지만 그렇다고 해서 모든 궁금증이 풀린 것은 아니었다.

"그런데 카카, 그러면 광산 채굴에 필요한 노예를 고용하는데 왜 엘프 같은 관련 없는 종족들이 노예 시장 목록에 다 있는 거야?"

카카가 곧바로 대답했다.

"이 노예 시장은, 광산 말고도 수많은 마계의 기관들과 연결되어 있다, 주인아. 문 엘프 종족은 아마 마계 정령이나 마법과 관련된 기관에서 노예로 많이 고용할 거다."

"그, 그렇군."

카카의 설명을 듣던 이안은, 속으로 혀를 내둘렀다.

'아니, 이놈의 세계관은 진짜 어떻게 이렇게 방대한 거야? 해도 해도 콘텐츠가 끝도 없이 나오네.'

카카의 말에 의하면, 광산 콘텐츠와 같이 아직 발견되지 않은 미발견 콘텐츠가 마계에 산재해 있다는 말이다.

그리고 생각이 거기에 미치자, 이안의 입꼬리가 슬쩍 말려 올라갔다.

"할 게 많다는 건 좋은 거지."

중얼거리는 이안을 향해 카카가 핀잔을 줬다.

"뭐라고 중얼거리는 거냐, 주인아? 빨리 광산에 고용할 노예나 고르자."

그에 이안이 어이없는 표정으로 말했다.

"야, 카카. 너는 너도 노예면서 마치 아닌 것처럼 말한다?"

카카가 심통난 표정으로 볼을 부풀렸다.

"나는 다른 노예들과 다르다, 주인아."

"뭐가 다른데?"

"그, 그건……!"

사실 이렇게 묻긴 했지만, 이안도 카카가 일반적인 노예들과는 많이 다르다는 사실을 알고 있었다.

'하긴. 커뮤니티에 올라온 다른 정보들만 읽어 봐도, 카카가 평범한 노예가 아니라는 건 알 수 있지.'

처음 이안이 카카를 고용했을 때에는 마계 노예에 대한 정보가 전무한 시점이었다.

그것은 사실 당연한 것이었다.

마계의 노예 콘텐츠 자체가 이안이 최초로 발견한 콘텐츠였으니까.

하지만 이제는 제법 많은 마족 유저들이 마계에 자리 잡았고, 100구역의 분노의 도시에도 벌써 수천 명의 고레벨 마족 유저들이 정착한 상태였다.

그러다 보니 당연히 노예를 고용한 유저들도 많아진 것이었다.

그리고 커뮤니티에 올라오는 노예들에 대한 정보를 보면, 그것은 카카와는 많이 다른 느낌이었다.

‘다른 유저들이 부리는 노예는, 정말 시키는 것만 수동적으로 할 줄 아는 그런 존재였으니까.’

무슨 말로 이안에게 설명해야 할지 열심히 고민하는 카카를 보며, 이안이 피식 웃었다.

“알겠어, 카카. 너 특별 대우해 줄 테니까, 빨리 노예 고용하는 거나 도와줘.”

“알겠다, 주인아.”

이안은 카카의 도움을 받아 열심히 노예 목록을 뒤지기 시작했다.

그리고 카카의 말에 의하면 광산 채굴에 적합한 종족은 세가지 정도가 있었다.

‘고르 일족, 뭉크스족, 그리고 드워프족이라……’

카카가 말한 세 가지 종족 중, 이안이 들어 본 종족은 드워프뿐이었다.

사실 드워프야 판타지 세계관을 가진 게임에서라면 어김없이 등장하는 종족이었으니 이안이 모를 리 없다.

“고르 일족이나 뭉크스족은 아마 찾기 쉬울 거다.”

“그래?”

“특히 고르 일족은 발에 치일 정도로 널려 있지.”

카카의 말대로였다.

노예 목록을 쭉 훑다 보면, 한 페이지에 10개체 정도는 '고르'라는 이름이 붙어 있는 종족이었던 것.

한 페이지에서 총 100개체의 노예 목록을 볼 수 있다는 것을 생각하면, 고르족은 정말 흔한 종족이었다.

이안은 고르 종족 중 하나의 정보 창을 열어 읽어 보며 중얼거리듯 말했다.

"얘들은 생긴 게 골렘이랑 비슷하네. 미니 골렘 같은 느낌이군."

카카가 대답했다.

"원래 고르족은 골렘의 일종이다, 주인아. 체력이 엄청난데다 이지理智가 없고, 먹는 것도 따로 없어 유지비조차 별로 들지 않지. 그야말로 노동을 위해 태어난 종족이라고 할 수 있다."

"허얼, 뭐야. 어떻게 그런 생명체가 존재할 수 있는 거지?"

"글쎄. 이건 나도 확실하지 않은 건데, 고르족을 창조한 것이 거신족이라고 알고 있다."

"으음?"

"고대의 거신족들이 자신들을 위해 일할 노예로 만들어 낸 것이 바로 골렘들과 고르족이라는 이야기를 들은 적이 있다."

"그렇군."

아무리 게임 속이라고 해도 존재 자체가 너무 억지스러운 생명체라 생각했는데, 카카가 말해 준 이야기대로라면 어느 정도 이해도 되었다.

　'역시 카일란의 세계관은 그냥 만들어진 게 하나도 없군.'

　이안은 속으로 감탄하며 고개를 끄덕였다.

　"그럼 굳이 뭉크스나 드워프족을 찾아낼 필요가 있을까? 고르족이 채광 사역 노예로 부리기에는 최고인 것 같은데."

　카카가 고개를 저었다.

　"노동력만큼은 단연 고르족을 따라올 노예가 없을 것이다, 주인아. 하지만 모든 사역 노예를 고르족만으로 채운다면 아마 주인의 광산에서는 철광석이나 최하급 마정석, 최하급 마령석과 같은 하급 광물들만 쌓이겠지."

　"그게 무슨 말이야? 게다가 철광석은 채굴 가능 목록에도 없던 광물인데?"

　"마계의 거의 모든 광산에서 기본적으로 채굴 가능한 광물이 철광석이다. 따로 광산 스펙에 적혀 있지 않더라도 철광석은 채굴이 가능한 광물일 거다."

　"그렇군."

　"그리고 고르족이 일을 잘 하기는 하지만, 이지가 없는 것이 문제다. 고르족은 아마 채광 중에 최상급 마령석이 발견되더라도, 그냥 파괴해 버릴 수도 있다."

　"……."

그렇다면 심각한 문제였다.

무려 현금 가치 수천만 원짜리의 광물을 날려 버릴 수 있는 노예를 고용할 수는 없었으니까.

"그래서 뭉크스족이 필요하다, 주인아."

"그래? 뭉크스족은 어떤 역할이지?"

뭉크스족은 지금까지 다섯 페이지도 넘는 노예 목록을 확인했음에도 한 번도 볼 수가 없었다.

카카의 설명이 이어졌다.

"뭉크스족은 고르 일족과 역할이 완전 반대다, 주인아."

"그래?"

카카가 고개를 끄덕이며 말을 이었다.

"뭉크스족의 역할은 광물을 직접 캐는 것보다 탐색하는 데에 더 최적화되어 있다. 고르 일족과 마찬가지로 이지가 존재하지 않는 생명체지만, 광물 냄새 하나만큼은 귀신같이 맡지."

"오호!"

"이들은 광물을 먹고 사는 종족이다. 그렇기에 광물 냄새를 귀신같이 맡는 것은 어쩌면 당연한 거다."

이안이 의아한 표정으로 물었다.

"그럼 얘들이 광물 캐다가 자기가 먹어 버리면 어떡해?"

카카가 고개를 저었다.

"그럴 일은 없다, 주인아. 하루에 최하급 마정석 열 개 정도만 먹여 주면, 더 이상의 광물은 욕심내지 않고 열심히 일할 거다."

"그렇군."

카카와 이런저런 대화를 하면서도, 이안은 꼼꼼히 노예 목록을 확인하며 페이지를 넘겼다.

그러던 그때…….

"어어…?"

"왜 그러냐, 주인아?"

"여기, 드워프가 있는데?"

"뭐?"

놀란 표정으로 서둘러 정보 창을 오픈하는 이안.

처음 카카가 사역 노예에 대해 설명할 때, 드워프는 무척이나 희귀하다는 이야기를 했었기 때문이었다.

하지만 카카는 이안보다 더욱 놀란 표정이었다.

이안에게는 가볍게 말했을 뿐이었지만, 카카조차 사역 노예로 등장한 드워프는 처음 본 것이다.

우르크 한

고용가 : 5,195,000골드/월	**레벨** : 56
종족 : 아이언 드워프	**성별** : 남男
분류 : 노예	**등급** : 유일
성격 : 호기심 많음	
공격력 : 995	**방어력** : 1,450
민첩성 : 555	**지능** : 1,876

생명력 : 17,775/17,775
고유 능력A (종족 고유)(종족 특화)(강화 능력)
-알 수 없음
고유 능력B (희귀 능력)
-알 수 없음
고유 능력C (종족 고유)(희귀 능력)(진화 능력)
-알 수 없음
평생을 광물과 함께 살아가는 드워프의 일족이다.
다른 드워프 일족과 마찬가지로 손재주가 뛰어나고 무언가를 제작하는
데 취미가 있지만, 희귀한 광물을 수집하는 것을 가장 좋아한다.

"허얼."

이안의 입에서 헛바람이 새어나왔다.

이유는 다른 것이 아니었다.

정보 창 가장 위쪽에 쓰여 있는 드워프의 월급이 이안을 놀라게 한 것이다.

"야, 카카, 이거 좀 너무한 거 아니냐?"

"뭐가 말이냐, 주인아?"

"얘 노예 주제에 월급이 500만 골드가 넘어."

"그게 뭐 어쨌다는 거냐?"

"아니, 내가 알기로 제국의 기사들 월급도 500만 골드가 안 되는데, 노예 주제에 이게 말이 되는 거냐?"

이안은 어이가 없었다.

500만 골드면, 현금 가치로도 500~600만원을 왔다 갔다

하는 수준.

'게임 내 노예 월급이 무슨 어지간한 직장인 월급보다 세잖아?'

하지만 카카는 별로 놀라는 표정이 아니었다.

"500만 골드 투자해서 그 이상의 효과를 볼 수 있으면 된 거 아니냐, 주인아?"

"그, 그렇지."

"그리고 저 드워프는 아마 일반적인 노예랑 케이스가 좀 많이 다를 거다."

"으응?"

"세부 정보를 더 열어 봐라, 주인아."

"그러지 뭐."

그리고 이안은 정보 창 가장 아래쪽에 있는 세부 정보 창을 추가로 열었다.

노예 세부 정보

노동력 : 65 　　　　　　　손재주 : 89
관찰력 : 82 　　　　　　　지구력 : 52
충성도 : 42
분류 : 기간제 노예
잔여 계약 기간 : 63일 21시간
*계약 기간이 정해져 있는 기간제 노예이다.
노예의 계약 기간이 끝나고 나서도 계속 고용하고 싶다면 계약 기간이
끝나기 전, 재계약 협상을 다시 진행해야 한다.

(단, 계약 기간이 끝난 뒤에는 노예의 신분이 아니므로 계약 방법이 바뀌게 된다.)

세부 정보를 다 읽은 이안은 머리를 열심히 굴렸다.

생각지 못한 내용이 쓰여 있기는 했지만 그렇다고 이해하기 힘든 내용은 아니었기 때문이었다.

'기간제 노예라…… 거기다가 계약 기간이 끝나게 되면 노예의 신분이 아니라고?'

하지만 정확히 이해하기 위해서는 카카의 도움이 필요했기에, 이안은 카카에게 물어보았다.

"카카, 방금 확인했는데 기간제 노예라는 게 정확히 뭐야?"

그에 카카가 곧바로 대답했다.

"기간제 노예는 말 그대로 계약 기간이 정해져 있는 노예다, 주인아."

"그렇겠지?"

"아마 이 드워프의 경우에는 전쟁 노예 같은 것이 아니라 개인적인 이유로 고위 마족과 노예 계약을 하게 된 케이스인 것 같다."

"으음…… 그래서 계약 기간이 지나고 나면 다시 본래의 신분을 찾는 거고?"

카카가 고개를 끄덕였다.

"그렇다, 주인아."

"으음……."

이안은 머릿속으로 정보를 정리하기 시작했다.

'노예 시스템도 생각보다 복잡하구나.'

그리고 그런 이안을 향해 카카의 설명이 이어졌다.

"주인이 나를 낙찰받았던 노예 경매장은, 말 그대로 노예를 거래해 소유권을 가져오는 경매장이다. 그리고 지금 주인이 보고 있는 이 노예 시장은 소유권을 사는 것이 아닌 주인이 있는 노예를 빌려오는 형식이지."

"아하."

이안은 카카를 얻을 당시엔 특별한 퀘스트를 클리어해서 따로 대가를 지불하지 않았었다.

그랬기에 노예에게 월급을 주는 방식을 이상하다고 생각지 않았던 것이었다.

"그럼 내가 지불하게 될 노예의 월급은 원래의 소유주에게로 돌아가는 돈이겠네?"

"그렇다."

이안은 이제 모든 것이 이해되었다.

'그러니까 500만 골드나 필요한 거였구나. 하긴, 노예에게 500만 골드의 월급을 준다는 거 자체가 말이 안 되는 거기는 하지. 하지만 고용주에게 그 돈이 돌아간다고 생각하니 이해가 되네.'

그런데 그때, 이안의 뇌리를 스쳐 지나가는 것이 있었다.

'그럼 혹시 카카도 그럼 원래부터 노예 신분이 아니라, 어떤 이유에 의해서 노예가 된 건가? 계약 기간이 정해져 있지 않았으니 기간제 노예는 아닌 게 분명한데…….'

귀여워서 크게 신경 쓰고 있지는 않았지만, 노예 치고는 건방진 말투와 행동, 그리고 어마어마한 양의 지식으로 미루어 볼 때 그것은 충분히 가능한 가정이었다.

사실 가정이라기보단 거의 확신이라고 할 수 있었다.

이안이 카카를 슬쩍 보며 말했다.

"야, 카카."

"왜 그러냐, 주인?"

"그럼 나도 너를 이 노예 시장에 등록할 수 있겠네?"

"……!"

순간적으로 카카의 표정이 얼어붙었다.

그러나 이안은 카카에게 장난치는 것이 재밌었기에 짐짓 진지한 표정을 지으며 말을 이었다.

"흐음, 그럼 우리 카카는 얼마 정도 책정하면 좋으려나?"

이안의 장난에 카카는 완전히 울상이 되었다.

"주인아, 그러지 마라. 나는 딱히 쓸데도 없어서 월급도 별로 받을 수 없을 거다."

그 말에 이안의 입에서 실소가 흘러나왔다.

사실 카카만큼 쓸모 있는 노예가 또 어디 있을까?

콘텐츠를 개척하는 입장인 최고 랭커 이안에게 어지간한 정보는 죄다 가지고 있는 카카만큼 쓸모 있는 존재는 없는 것이다.

이안은 잠시 동안 카카와 주종 간의 우애를 나눈 뒤, 다시 드워프의 정보 창을 꼼꼼하게 훑었다.

그리고 카카를 향해 물었다.

"그래서 결론은? 이 드워프를 고용하는 게 이득일까?"

카카가 고개를 끄덕였다.

"당연하다. 무조건 고용해야 한다, 주인아."

"으음……."

"다만 아쉬운 것은, 계약일이 60일 정도 밖에 남아 있지 않다는 점이다. 60일이 지나서 노예에서 해방되고 나면, 드워프는 주인의 광산을 떠날 확률이 높지."

"그렇군."

이안은 인벤토리를 열어 남아 있는 골드를 확인했다.

'하아, 이 녀석 고용하고 나면 이제 진짜 빈털터리가 되는 거군.'

마계에서는 영지 금고에 있는 돈을 송금받을 수가 없기 때문에, 한동안은 정말 빈털터리로 살아야 하는 것이었다.

'그래, 뭐 카카 말을 한번 믿어 보자.'

잠시간의 고민 끝에, 이안은 결국 드워프를 고용하기로 했다.

띠링-.

-5,195,000골드를 지불하셨습니다.

-노예 '우르크 한'을 고용하셨습니다.

-마력 광산의 첫 번째 사역 노예를 고용하는 데 성공하셨습니다.

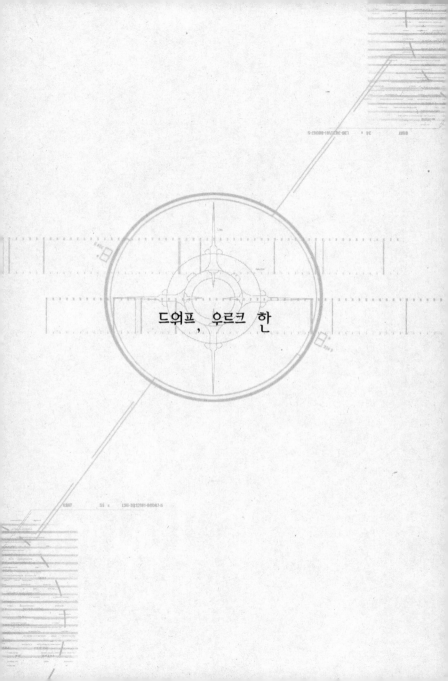

드워프, 우르크 한

Taming Master

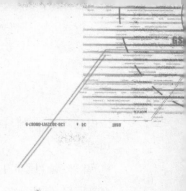

　우르크 한을 고용하고 나자, 이안은 그야말로 빈털터리가
되고 말았다.

　남은 돈으로 비용이 저렴한 고르족 노예 하나까지 고용하고
나니, 인벤토리에 남은 골드가 네 자리 수로 떨어져 버린 것.

　'남은 골드가 고작 8천 골드라니…… 이 많은 돈을 이렇게
순식간에 써 버릴 수 있을 줄은 몰랐네. 내 인벤토리에 몇 천
골드가 남아 있는 걸 보게 될 줄이야.'

　8천 골드로는 아마 초보존에서 쓸 만한 장비 하나 구하기
도 힘들 것이다.

　어쨌든 겨우 고르족 노예 하나를 추가로 고용해 최소 조건
인 사역 노예 2개체를 만족시킨 이안은, 노예시장을 빠져나

왔다.

그러자 시스템 메시지가 추가로 떠올랐다.

띠링ㅡ.

ㅡ마력 광산을 가동하기 위한 최소한의 조건을 만족하셨습니다.

ㅡ이제부터 광물 채굴이 가능합니다.

ㅡ추가 시설을 개설하기 위해서는 다시 관리 사무소를 방문하시면 됩니다.

'추가 시설?'

어차피 골드도 더 없었기에 그림의 떡이었지만, 궁금해진 이안은 추가로 개발할 수 있는 시설들도 확인해 보았다.

그리고 혀를 내둘러야 했다.

'으으, 마력 광산 이거, 황금 알을 낳는 거위인 줄 알았는데 돈 먹는 괴물이잖아?'

현재 광산 정보로 확인한 이안의 광산 레벨은 1레벨.

그리고 1레벨의 광산에서 오픈할 수 있는 추가 시설은, '채굴 장비 강화 시설'과 '광물 창고' 시설이었다.

채굴 장비 강화 시설은 말 그대로 사역 노예들이 사용할 장비를 강화해 주는 시설이었으며, 광물 창고는 기본적으로 있는 광물 저장 창고의 저장량을 늘리는 시설이었다.

두 시설을 오픈하기 위해 필요한 골드는, 각각 1,500만 골드와 500만 골드.

'그리고 심지어, 광산 레벨이나 모든 시설물 레벨 올리는

데도 추가로 골드가 필요하네.'

이안은 과연 이 광산에서 투자비용 이상의 광물을 생산해 낼 수 있을지 조금씩 의문이 들기 시작했다.

'그래도 뭐 일단 지른 거니까, 죽이 되든 밥이 되든 끝까지 한번 가 본다. 돈 부족하면 노가다로 때우지 뭐.'

최근에는 골드가 부족해 노가다해 본 적이 없을 정도로 풍족했지만, 초기화 전 활쟁이 시절에는 골드 노가다가 하루의 일과였던 이안이었다.

오우거 한 마리당 800골드 정도를 벌어 열심히 학비와 생활비를 충당하던 시절도 있었다.

그때에 비해 골드 시세가 절반 이하로 떨어지기는 했지만, 그렇다고 해도 벌어들일 수 있는 돈은 차원이 달랐다.

'마계 20구역대에서 중급 이상 마정석 하루 종일 캐다 팔면 시간당 한 100~200만 골드는 벌리려나?'

중급 이상의 마정석은 드롭률이 극악해서 확신할 수는 없었지만, 드롭되는 장비 아이템까지 생각하면 시간당 200만 골드 정도는 노가다로 벌 수 있을 것 같았다.

물론 제대로 된 장비아이템 하나만 떨어지면 200이 아니라 2천만 골드도 가능할 것이었다.

'이렇게 생각하니까 2천만 골드가 또 별거 아닌 거 같기도 하고.'

사실 2천만 골드가 별게 아닌 것은 아니었다.

단지 현재 카일란에서 가장 많은 콘텐츠를 섭렵한 이안의 입장에서 돈이 벌기 쉬운 것일 뿐.

만약 이안이 현실 세계의 부귀영화에 좀 더 집착하는 스타일이었더라면 지금쯤 수십 억이 아니라 수백 억도 모을 수 있었을 것이다.

지금까지 이안이 카일란에서 번 돈으로 현실 세계에서 한 것이라곤 최신형의 캡슐이 출시될 때마다 칼같이 구입하는 것과, 자취방을 좀 더 넓고 좋은 곳으로 옮긴 것 정도였다.

이런저런 생각을 하던 이안은, 고개를 절레절레 저으며 관리 사무소를 나왔다.

"노가다야 차차 하면 되는 거고, 일단 채광부터 한번 해볼까?"

관리 사무소의 위치는 광산의 초입에 있었고, 이안은 사무소에서 나와 광산의 더 깊은 곳으로 걸음을 옮겼다.

그러자 곧, 좁았던 공간이 탁 트이며 넓은 채굴 공간이 나타났다.

그리고 그 앞에는 이안이 고용한 두 개체의 사역 노예가 소환되어 있었다.

이안과 드워프의 눈이 마주쳤고, 드워프, 우르크 한이 고개를 숙여 보이며 이안에게 인사했다.

"처음 뵙겠소, 우르크 한이라 하오."

건방짐이 느껴지거나 하지는 않는 공손한 어투였다.

하지만 노예라고 하기에는 어색한 하오체를 구사하는 우르크 한을 보며, 이안은 고개를 끄덕였다.

'뭐, 어차피 본래 주인은 따로 있다는 건가?'

이안이 입을 열었다.

"잘 부탁해, 우르크 한. 이제부터 나를 도와 이 미개발 광산을 개척하는데 힘을 보태 줘."

우르크 한이 짧게 대답했다.

"알겠소."

이안은 고용 전에 확인하지 못했던, 우르크 한의 고유 능력을 한번 확인해 보았다.

광물 가공술 (종족 고유)(종족 특화)(강화 능력)

채굴한 지 24시간이 지나지 않은 광물을, 1회에 한해 가공할 수 있는 능력이다.

광물 가공술을 사용하면 일정 확률로 해당 광물의 등급을 한 단계 높여 준다.

(재사용 대기 시간 : 30분)

(가공할 광물의 등급과 종류에 따라, 가공에 성공할 확률이 달라진다.)

-강화의 귀재 (희귀 능력)

3차 초월 이하인 장비에 한해, 장비 강화에 성공할 확률을 30퍼센트만큼 증가시켜 주는 패시브 스킬이다.

-설계자 드워프 (종족 고유)(희귀 능력)(진화 능력)

일정 시간 동안의 연구를 통해 장비 제작 레시피를 만들어내는 능력이다. 설계자 드워프 능력이 발동되면, 연구가 끝날 때까지는 다른 행동을 할 수 없으며, 시간이 오래 필요한 연구일수록 뛰어난 장비의 제작 레시피가 만들어질 확률이 높다.

(재사용 대기 시간 : 24시간)
(진화 가능)

우르크 한의 고유 능력들은, 한눈에 보아도 이안이 군침을 흘릴 만한 것들이었다.

'와, 고유 능력 세 개 다 버릴 게 없네. 유일 등급의 노예인데 이 정도라니…….'

이안이 카카에게 속삭이듯 물었다.

"카카, 혹시 노예 계약이 끝나고 나면 한을 가신으로 들일 수도 있을까?"

"한? 아, 우르크 한을 말하는 건가?"

"그래."

카카가 고개를 끄덕였다.

"그건 당연하다, 주인아. 하지만 그 전에 주인이 한의 마음에 들어야겠지."

"그……렇군."

가신은 노예와 다르다.

돈이 있다고 고용할 수 있는 존재가 아닌 것이다.

실제로 유저들 중에는 원하는 가신을 고려하기 위해 삼고초려 이상을 하는 이들도 많았다.

'어떻게든 계약 기간 전에 한을 잘 꼬셔 봐야겠어.'

그렇게 흑심을 마음속에 품은 이안은, 우선 다른 생각들은 다 접어 두고 광물 채굴을 시작했다.

최소한의 조건이 모두 갖춰지고 나니, 광물 채굴은 의외로 별다른 절차 없이 금방 진행할 수 있었다.

널따란 광산의 한쪽 구석.

깡− 깡− 깡−.

적막 속에 곡괭이질 소리가 쉼 없이 울려 퍼지고 있었다.

그 소리의 근원지는 바로 이안이었다.

"음……."

이안에게로 다가온 드워프 한이 걸걸한 목소리로 말을 걸었다.

"그대는 참 특이한 것 같소."

이안은 잠시 허리를 펴고 일어나 땀을 닦으며 짧게 되물었다.

"뭐가?"

한이 어깨를 으쓱하며 대답했다.

"난 지금까지 노예 계약 기간을 채우느라 수많은 마력 광산을 전전했소. 못해도 한 열 군데 이상의 광산은 거쳐서 여기까지 왔지. 그런데 지금까지 그 어떤 광산도, 광산의 주인이 직접 곡괭이질 하는 것은 본 적이 없거든."

이안은 대수롭지 않은 표정으로 대꾸하며, 곡괭이를 다시 집어 들었다.

"일단 콘텐츠를 파악해야지. 광산을 굴리더라도, 그 전에 직접 해 봐야 최고 효율을 뽑아낼 수 있는 법."

이안의 대답에 한의 눈에 이채가 어렸다.

"오호, 과연 옳은 말이오. 콘텐츠가 무슨 말인지는 모르겠지만…… 확실히 고용주가 직접 광산일을 해 본다면, 효율적으로 광산을 운영할 수 있겠지."

그리고 이안의 눈앞에 시스템 메시지 두 줄이 떠올랐다.

띠링-.

-드워프 '우르크 한'이 당신에게 호기심을 보입니다.

-드워프 '우르크 한'의 친밀도가 2만큼 상승합니다.

딱히 의도한 것은 아니었지만, 한과의 친밀도가 높아진 것은 고무적인 일이었기에 이안의 표정이 한층 밝아졌다.

"한, 아까도 말했지만, 내가 이 광산에서 최우선적으로 채굴해야 할 광물은 높은 등급의 마령석이야."

이안의 말에 한이 의아한 표정으로 되물었다.

"아, 그렇지 않아도 그것에 대해 물어보고 싶은 게 있었소."

"으음?"

"아까 물어보고 싶었던 건데 마령석에 왜 그리 집착하는 것이오? 사실 최상급 마령석이 귀한 광물이라고는 해도 그것을 필요로 하는 이가 별로 없는 것이 사실이오. 팔아먹기 힘들 것이라는 말이지."

이안이 피식 웃으며 대답했다.

"아니, 안 팔 거야. 내가 쓸 거니까."

드워프 한의 눈에 다시 묘한 빛이 어렸다.

"으음? 이안, 그대는 혹시 연금술사인 것이오?"

한의 물음으로 인해 이안은 또 하나의 정보를 얻을 수 있었다.

'연금술사? 과연, 연금술사라는 생산직업도 존재하는 거구나. 그리고 마령석은 연금술에도 쓰이는 광물이겠지. 역시, 마수 연성술에만 필요한 광물일 리가 없었어.'

이안이 고개를 저으며 대답했다.

"아니, 나는 연금술사가 아니야."

"그럼……?"

"나는 마수 연성술사야. 그리고 최고의 마수를 연성해 내기 위해서는 최대한 등급이 높은 마령석이 필요해."

한의 두 눈이 휘둥그레졌다.

"마수 연성술사라니! 내가 여기서 마수 연성술사를 만나게 될 줄이야!"

그리고 당황스럽게도 예의 그 시스템 메시지가 또다시 이안의 눈앞에 떠올랐다.

띠링-

-드워프 '우르크 한'이 당신에게 호기심을 보입니다.

–드워프 '우르크 한'의 친밀도가 15만큼 상승합니다.

이안은 어이없는 표정이 되었다.

'뭐지? 이렇게 쉬운 녀석은 또 처음이네. 친밀도를 막 퍼 주잖아?'

쉬운 남자 우르크 한.

이안에게 호기심을 느낀 우르크 한은, 쉴 새 없이 이안을 향해 떠들어 대기 시작했고, 이안 또한 금방 그와의 대화에 빠져들었다.

사실 이것은 둘의 관심사가 무척이나 비슷했기에 가능한 일이었다.

마치 세르비안을 처음 만났을 때와 비슷한 느낌이랄까?

"오오, 그러니까 이안, 그대가 생각하는 강력한 신화 등급의 마수를 연성해 내기 위해서는, 우선 본체가 될 전설 등급의 마수에 재료가 될 마수와 성공률을 높여 주기 위한 마령석이 필요하다는 얘기군."

"맞아. 하지만 그렇게 간단한 문제가 아니야."

"왜 그렇소?"

"우선 본체가 될 마수는 전설 등급 중에서도 가장 전투 능력이 뛰어난 놈으로 골라야 하고, 재료가 될 마수는 고유 능력이 특별한 놈으로 골라야 해."

"오오, 이유는?"

"이건 좀 고급 정보인데, 너한테만 말해 줄게."

"우오옷!"

"내가 지금까지 마수 연성을 수없이 해 오면서 연구한 결과, 전투 능력은 고스란히 본체인 마수의 능력치를 기반으로 업그레이드되지만, 고유 능력의 경우에는 재료 마수의 능력을 가져올 확률이 더 높더라고."

"크으으, 그런 일이!"

"게다가 이게 끝이 아니야."

"흥미진진하군. 계속 듣고 싶소."

"한, 너도 광부니까 알 테지만, 능력석이라는 광물도 있는 거 알지?"

"알고 있소. 광산에서 자주 채굴할 수 있는 광물은 아니라 몇 번 보지는 못했지만……."

"그 능력석이 어떻게 보면 최고의 마수를 연성해 내기 위한 꽃이라고 할 수 있어. 최고의 고유 능력이 담긴 능력석을 얻을 수만 있다면, 그 능력을 내가 연성할 마수에 장착해 줄 수 있다는 말씀. 그리고 능력석은 채굴뿐만 아니라 마수 분해를 통해서도 얻을 수 있는 아이템이지. 해당 능력을 가진 마수를 분해하다 보면, 낮은 확률로 능력석이 드롭된다고."

"이, 이건…… 지금까지 들어 보지 못한 엄청난 이야기들이오!"

두 사람은 서로의 이야기에 정신없이 빠져들었다.

－드워프 '우르크 한'의 친밀도가 4만큼 상승합니다.

-드워프 '우르크 한'의 친밀도가 7만큼 상승합니다.

그리고 그 사이 이안의 인벤토리에는 광물이 하나둘 쌓이고 있었다.

깡- 깡- 깡-.

-광물 채굴에 성공하셨습니다!

-손재주가 부족하여 광물이 손상되었습니다.

-'하급 철광석' 아이템을 획득합니다.

-'최하급 마정석' 아이템을 획득합니다.

-'하급 마령석' 아이템을 획득합니다.

-'하급 마정석' 아이템을 획득합니다.

그렇게 무아지경 속에서 이안과 한의 우정이 싹트기 시작했다.

"아니, 헤르스 님, 이안 님 정말 연락 안 돼요?"

"그렇다니까요. 어디 던전에라도 틀어박혔는지, 개인 메시지도 전부 다 닳아 놨어요."

"허얼, 톡은 안 봐요?"

"네. 마지막으로 연락했던 게 그저께 저녁쯤이었던가……."

파이로 영지의 영주 집무실.

피올란과 헤르스가 탁자에 마주앉아 한숨을 푹푹 쉬고 있었다.

"아니, 오늘이야 토요일이니까 그렇다 치지만, 어제는 금요일이었잖아요. 학교 개강 안 했어요? 아니면, 이안 님 금요일 공강인가?"

"아뇨, 공강은 아닌데 학교 안 왔더라고요."

"……."

"가끔 이럴 때 있어요."

"흐아."

피올란은 고개를 절레절레 저었다.

그동안이야 이안이 필요한 일이 별로 없었지만, 오늘은 조금 달랐기 때문이다.

'으, 이안 님 없이는 조금 불안한데…….'

이제 1시간 정도 후면 현재 길드 랭킹 13위에 랭크되어 있는 길드인 레드크로우 길드와 전면전이 시작된다.

현재 로터스 길드의 길드 랭킹은 15위였으니, 길드 랭킹으로 따지면 한 단계 더 높은 상위 길드.

물론 로터스 길드의 현재 길드 랭킹은 아무런 의미가 없기는 했다.

로터스의 수뇌부가 최근 한 달 동안, 일부러 길드 랭킹을 떨어뜨리는 작업을 했기 때문이었다.

영지전과 관련되지 않은 모든 길드전에 전부 기권해 버린 것이다.

길드 랭킹 포인트 외에도 길드 명성에 손실이 있기는 했지만, 전략적으로 나쁘지 않은 선택이었다.

과거 최상위 길드였던 스플렌더와 오클란, 두 길드를 흡수했음에도 오히려 랭킹은 떨어진 것.

일부러 랭킹을 떨어뜨린 이유는 다른 길드끼리의 연합을 막기 위해서였다.

그렇지 않아도 위협적인 로터스 길드가 갑자기 최상위 랭킹까지 치고 올라간다면 다른 길드들이 뭉칠 위험이 있기 때문이었다.

물론 한두 번 점령전이 벌어지며 몇 개의 랭커 길드가 합병당하고 나면, 그때는 다른 길드들도 위기감을 느끼고 연합할 수 있다.

하지만 그때는 이미 늦을 것이다.

알짜배기 전력을 가진 핵심 길드 몇 개만 짤라 놓으면, 나머지 길드들이 연합해도 충분히 싸워 볼 만할 테니까.

로터스 길드는 지금, 발톱을 감추고 있는 상황이었다.

헤르스가 말했다.

"그래도 뭐, 설마 레드크로우 따위한테 지겠어요? 이안이 없이도 거기 정도는 가뿐하게 이겨야죠."

피올란이 고개를 천천히 끄덕이며 대답했다.

"저도 질 거라는 생각은 안 해요. 그래도 이안 님이 아쉬운 건 어쩔 수 없죠."

헤르스가 피식 웃었다.

"하긴, 이안이만 있으면 변수 자체가 아예 사라져 버리는 수준이니까."

피올란이 천천히 자리에서 일어났다.

이제는 길드 전력을 한번 체크하고, 전쟁 준비를 시작해야 할 때였다.

"휘유, 그럼 이번 길드전은 이안 님 없이 한번 해 보죠, 뭐."

"흐흐흣."

마계 25구역의 동북부 지역.

이안의 마력 광산 안에서 음침한 웃음소리가 울려 퍼졌다.

그 웃음소리의 주인공은 다름 아닌 이안.

"주인아, 사역 노예들도 하루 8시간 일하면 쉬게 되어 있는데 이게 뭐하는 짓이냐."

카카의 핀잔에 이안이 곧바로 대꾸했다.

"시끄러, 인마. 그렇지 않아도 그것 때문에 불만이니까."

"그게 무슨 말이냐."

"내가 사는 곳에선, 일터에 가면 하루에 기본 12시간은 근무한다고."

"……!"

"그런데 노예 주제에 8시간만 지나면 바람처럼 사라지다니!"

카카는 당황스런 표정으로 물었다.

"그곳이 혹시 말로만 듣던 지옥이라는 곳인가…… 모두가 노예보다 힘들게 일하는 곳이라니!"

그리고 측은한 표정으로 이안을 응시했다.

"그래서 우리 주인이 이렇게……."

카카와 잠시 투닥거리던 이안은 또다시 곡괭이질을 시작했다.

'하급 마정석 백 개. 그것만 딱 채우면 여길 나간다! 그 안에 전설 등급 마령석 채굴에 실패하면 일단은 다른 방법을 찾아봐야겠어.'

이안은 벌써 20시간도 넘게, 쉬지 않고 광산에서 곡괭이질을 하는 중이었다.

그리고 이안의 인벤토리에는 광물덩어리가 수북이 쌓여 있었다.

이안은 인벤토리를 슬쩍 확인했다.

-최하급 마정석 : 276개

-하급 마정석 : 97개

-최하급 철광석 : 879개

-하급 철광석 : 142개

-중급 철광석 : 8개

　-최하급 마령석 : 479개

　-하급 마령석 : 139개

　-중급 마령석 : 43개

'젠장, 상급 마령석이라도 하나 건졌으면 좀 덜 억울했을 텐데.'

채굴 가능 광물 목록에는 분명히 전설 등급의 마령석까지 표기되어 있었다.

하지만 현실은 중급 마령석도 1시간에 두어 개 겨우 건지면 다행인 수준이었다.

깡- 깡- 까앙-!

인벤토리를 확인하는 도중에도 이안은 곡괭이질을 멈추지 않았다.

'그래도 노가다는 배신하지 않아. 지금까지 캔 광물만 다 팔아도 2천만 골드는 메울 수 있지 않을까?'

그런데 그때, 이안이 곡괭이질 중이던 광석더미에서 돌연 은백색의 빛이 새어 나오기 시작했다.

"……!"

그리고 그것을 확인한 이안의 두 눈이 휘둥그레졌다.

'이거야! 분명 한의 말에 의하면, 고급 광물들은 특별한 빛을 머금고 있다고 했어!'

이안은 정신없이 곡괭이를 놀려, 바윗덩이 깎아 내기 시작했다.

그렇게 2분 정도가 더 지났을까?

드디어 이안의 눈앞에, 지금껏 처음 보는 새하얀 빛의 광물이 그 모습을 드러냈다.

"오오, 이 아름다운 자태!"

이안은 들고 있던 곡괭이를 내려놓고, 사이즈가 좀 작은 채굴 장비를 꺼내어 들었다.

그것은 마치 곡괭이와 호미를 절반씩 섞어 놓은 것처럼 생긴 아이템이었다.

'이쯤 되었을 때 이 녀석을 사용하면 된다고 했었지?'

휴식을 위해 포털을 타고 돌아가기 전 한이 이안에게 빌려주었던 채굴 장비인, 미스릴 곡괭이였다.

이틀 사이에 이안에 대한 한의 친밀도는 무려 아끼는 채굴 장비를 빌려줄 정도가 되어 있었다.

이안은 장비를 들고 조심스레 광물의 주변을 깎아 내기 시작했다.

까각- 까가각-!

듣기 거북한 마찰음과 함께 광석이 깎여 나갔다.

-부족한 손재주로 인해, 광석의 내구도가 5 만큼 손상됩니다!

-부족한 손재주로 인해, 광석의 내구도가 7 만큼 손상됩니다!

-광석의 내구도가 80퍼센트 이하로 깎여, 등급이 한 단계 떨어집니다.

-광석의 내구도가 70퍼센트 이하로 깎여, 등급이 추가로 한 단계 더

떨어집니다.

30분 넘게 낑낑거린 끝에, 이안은 광석을 채굴하는 데 성공할 수 있었다.

─광물 채굴에 성공하셨습니다!

─손재주가 부족하여 광물이 손상되었습니다.

─'중급 마령석' 아이템을 획득합니다.

이안은 떠오른 메시지를 보고는, 멍한 표정이 되었다.

"이, 이런……."

이안의 채굴 스킬 부재로 인해 그야말로 대참사가 벌어져 버린 것이다.

옆에서 그 모양을 지켜보던 카카가 한탄했다.

"최상급 마령석을 채굴하다가 중급 마령석으로 만들어 버리다니. 주인아, 방금 최소 1천만 골드는 날린 거다."

"……."

"이건 정말…… 저주받은 손재주다, 주인아."

하지만 얄밉게 얘기하는 카카를 보면서도 이안은 아무런 말을 할 수 없었다.

'내 손을 잘라 버리고 싶어.'

이안조차 자기 자신이 너무도 원망스러웠기 때문이었다.

채굴 도중 두 차례 등급이 떨어져 중급이 된 것이라면, 카카의 말대로 원래는 최상급의 마령석이었던 광물이었으리라.

"하아……."

적잖은 충격에 잠시 멍한 표정으로 서 있던 이안은, 곧 정
신을 차리고는 주섬주섬 채광 장비들을 회수했다.

"뭐 하냐, 주인아?"

"그만하고 나가려고."

"아직 하급 마정석 백 개 안 됐다, 주인아."

"아무래도 이건 아닌 것 같아."

"그러냐?"

"노가다가 나를 배신했어……."

상처받은 이안은 터덜터덜 광산을 나섰다.

하지만 그렇다고 해서 광산에 실망한 것은 아니었다.

'이제 채굴 시스템은 다 파악했어. 자본이 엄청나게 들어
가긴 하지만, 제대로 가동될 때까지만 돈 좀 쓰면 여기는 노
다지가 될 게 분명해.'

지금까지 광산에 이안이 투자한 골드는 3천만 골드 정도
였다.

하지만 시스템을 살펴본 결과, 광산 레벨이 올라갈수록 필
요한 골드는 기하급수적으로 증가하게 된다.

'일단 영지에 있는 돈까지 싹 다 털어서, 3레벨 광산까지
만들어 놔야겠어. 한 2억3천만 골드 정도면 사역 노예 세팅
까지 전부 끝나겠지? 4레벨 광산까지 올리기엔 어차피 돈이
부족하고…….'

이안은 머릿속으로 차근차근 계획을 세우기 시작했다.

무려 2억3천만 골드라는 어마어마한 액수를 생각하면서도, 이안은 동요하지 않았다.

이미 계산을 다 해 두었기 때문이다.

'능력치에 따라 다르겠지만, 좀 상급으로 고용한다고 가정했을 때 고르 노예가 하루에 채광 가능한 광물이 백 개 정도⋯⋯.'

이안은 광물 하나당 가격, 그리고 고용 가능한 노예의 숫자 등 이것저것 변수들을 전부 따져 보기 시작했다.

'3레벨 광산에서 고용할 수 있는 최대 사역 노예 숫자가 20개체니까, 생각해 보자⋯⋯.'

머리를 열심히 굴리다 보니 어느덧 광산 입구가 보이기 시작했다.

그리고 광산을 나서는 순간, 이안은 모든 계산을 끝냈다.

"좋아. 최소한으로 잡아도 한 한달 정도면 손익분기점은 넘길 수 있겠어!"

뜬금없이 주먹을 불끈 쥐며 중얼거리는 이안을 보며, 카카가 어리둥절한 표정을 지었다.

"주인이 고급 광물 하나 날려먹더니 이상해졌다!"

이안은 카카의 말에 아랑곳하지 않고, 차원의 구슬을 이용해 차원문을 열었다.

'광산 세팅 다 해 놓고, 잊힌 영혼의 무덤으로 가면 되겠어. 발록 포획하는 동안 광산 굴려 놓으면 최상급 이상 마령

석 한 개쯤은 채굴되어 있겠지?'

이안은 차원문을 통해 곧바로 로터스 영지로 향했다.

계획은 세워져 있으니, 이제 바쁘게 움직이기만 하면 되는 것이다.

위이잉-.

그런데 그때, 이안의 귓전에 익숙한 목소리가 들렸다.

"어, 이안 형?"

그리고 고개를 돌리자, 역시나 익숙한 두 명의 얼굴이 보였다.

바로 훈이와 카노엘, 두 사람이었다.

"어, 너희들 여기서 뭐 하냐?"

"카노엘 형이 서머너즈 밸리에서 뭐 할 거 있대서, 왔다가 영주성 잠깐 들렀지. 그러는 형은 또 그 지옥 같은 데 다녀오는 거야?"

이안이 어리둥절한 표정으로 되물었다.

"지옥 같은 데라니?"

"그 있잖아. 마우리아 제국인가? 그때 나 데려다가 겁나 부려먹었던 곳."

훈이는 이안의 차원문이 마우리아 제국에 한정되어 열 수 있는 포털인 줄 안 것이었다.

그제야 훈이의 말이 이해가 된 이안은 피식 웃어 보이고는 말했다.

"아하, 아냐. 나 지금 마계에서 오는 길이야."

그리고 이안의 대답에 훈이의 두 눈이 왕방울만 하게 커졌다.

"뭐, 뭐라고? 마계?"

"응. 차원문 열고 다녀왔지."

"그 차원문…… 아무 데나 열 수 있는 거였어?"

이안이 고개를 저으며 대답했다.

"아니, 그런 건 아니고. 내가 한 번이라도 가 본 곳만 가능해."

"……!"

"흐아암."

놀라는 훈이와는 별개로 입이 찢어져라 하품하는 이안이었다.

그도 그럴 것이, 채광 노가다를 하느라 또 꼬박 하루가 넘게 깨어 있었던 것이다.

훈이가 이안의 손을 덥석 잡으며 소리쳤다.

"형! 역시 형밖에 없어!"

반면에 이안은, 하품도 하다말고 당황해서 대답했다.

"이, 이놈은 또 왜 이래? 야, 노엘아, 얘 지금 왜 이러는 거냐?"

이안의 물음에 카노엘은 웃으면서 고개를 절레절레 저어 보일 뿐이었다.

로터스 영지에 개설해 둔 이안의 금고 계좌에는 생각보다 많은 액수의 골드가 들어차 있었다.

　"오오, 다 때려 박으면 광산 레벨 4도 가능하겠는데?"

　무려 6억 골드가 넘는 어마어마한 액수가 저장되어 있었던 것이다.

　하지만 머리로 열심히 계산을 두들겨 보던 이안은 결국 고개를 절레절레 저었다.

　"에이, 업그레이드까진 다 할 수 있어도, 사역 노예 추가 고용 비용이 부족하겠네. 3억 골드는 남겨 두지 뭐."

　중얼거리던 이안은 망설임 없이 금고에 있던 돈의 거의 절반 정도를 곧바로 인출했다.

　띠링-.

　-'로터스 영주 금고'에 접속합니다.

　-인증 완료!

　-인출 가능 골드는 총 659,821,222골드입니다.

　-325,000,000골드를 인출합니다. (Y/N)

　-본인 확인을 위해, 마지막으로 홍채 인식이 필요합니다.

　-홍채 인식 완료!

　-골드 인출에 성공하셨습니다. 잔여 금액은 총 334,821,222골드입니다.

골드 인출을 마친 이안은 투덜거렸다.

"아니, 지난번에 골드 뽑을 땐 아무 절차 없이 그냥 인출되더니 왜 이렇게 복잡해진 거야? 액수가 커서 그런가?"

이안은 인벤토리에 들어차 있는 3억이 넘는 골드를 힐끗 응시했다.

'그러고 보니 이 돈이면, 광산이 아니라 아예 현실에 아파트를 한 채 살 수 있잖아?'

지금 이안이 지내고 있는 집도 혼자 살기에는 나쁘지 않은 집이었다.

매매가가 2억에 가까운, 넓직한 투룸이었으니까.

'지금 사는 투룸을 팔고, 통장에 있는 돈에 이 골드까지 환전하면…….'

이안이 사는 지역은 서울에서도 집값이 비싸기로 유명한 지역. 그럼에도 불구하고 괜찮은 아파트를 살 수 있는 돈이 수중에 있는 것이다.

"아니야, 그래도 광산이지! 아예 통장에 있는 현금까지 골드로 환전해서 4레벨로 올려 버려?"

부모님이 들었다면 거품을 물고 쓰러졌을 법한 이야기를 아무렇지 않게 하는 이안이었다.

어쨌든 광산을 개발하기로 결심한 이안이 영주실에서 빠져나오자 앞에서 기다리고 있던 훈이가 의아한 표정으로 물었다.

"다 끝났어? 무슨 금고에서 골드 빼는 데 이렇게 오래 걸려?"

이안이 담담한 목소리로 말했다.

"3억이거든."

"……뭐?"

"3억 골드 뽑았다고."

"……"

훈이가 흔들리는 동공으로 이안을 응시하며 말했다.

"혀, 형도 노엘이 형처럼 금수저였어?"

이안이 고개를 저으며 간단하게 대답했다.

"아니, 난 자수성가지."

"……"

그리고 자수성가라는 이안의 말에, 훈이는 작은 오해를 하고 말았다.

'이 형…… 게임만 잘하는 줄 알았더니, 현실에서도 대단한 사업가였던 거야?'

이안에 대한 훈이의 존경심이, 마음 속 깊은 곳에서 살짝 생겨나는 순간이었다.

"그러니까…… 한 번도 죽으면 안 된다?"

"응. 사망 페널티를 한 번이라도 받으면 퀘스트가 자동으로 실패하게 되거든."

"퀘스트 조건이야?"

"맞아."

이안을 따라 마계로 넘어 온 훈이는, 이안의 뒤를 따라다니며 재잘재잘 자신이 진행 중인 퀘스트에 대해 얘기하고 있었다.

"그래서 지금 영지전에도 참여 못 했다고."

"영지전? 웬 영지전?"

이안의 반문에 훈이가 어이없는 표정으로 대구했다.

"형, 오늘부터 레드크로우 길드랑 전면전인데, 그것도 모르고 있었단 말이야?"

"그, 그래? 내가 요즘 좀 바빠서…… 잠깐."

이안은 서둘러 메시지 창을 열어 수신 거부를 풀어 보았다.

그러자 헤르스와 피올란으로부터 쏟아져 온 메시지가 수북이 쌓여 있었다.

이안은 뒷머리를 긁적이며 중얼거렸다.

"뭐, 나 없이도 레드크로우 정돈 이기겠지."

"……."

이안의 무책임(?)한 말에 잠시 벙 찐 표정이 되어 있던 훈이는, 고개를 절레절레 저으며 다시 자신의 퀘스트로 화제를 전환시켰다.

"어쨌든, 그래서 지금 노엘이 형도 도와주기로 했고, 일단 마계 20구역으로 가야 해."

"데이드몬의 서인지 뭔지가 거기 있는 거야?"

"그건 정확히 알 수 없는데, 거기에 마신 데이드몬의 신전이 있거든. 그쪽으로 가 보면 뭔가 나올 것 같아서."

이안은 대충 동선을 짜 보았다.

'어차피 가는 길이니까 조금 도와주고 가 볼까?'

그리고 마계 20구역의 특수한 던전 정도면 전설 등급의 마수를 볼 수 있을지도 몰랐다.

마계 30구역에도 히든 퀘스트 관련 던전에는 데빌드래곤이라는 강력한 전설의 마수가 있었으니까.

'아무 전설 마수라도 발견하면 일단 포획해 봐야지.'

사실 이안으로서도 전설 등급의 마수는 포획 난이도가 짐작도 되지 않았다. 전설 마수는커녕, 아직 최상급의 마수도 몇 마리 포획해 본 적이 없는 이안이었다.

"흐음…… 그래서 나한테 지금 그 얘기를 하는 저의는 뭔데?"

훈이가 헤실헤실 웃으며 말을 이었다.

"알면서 또 왜 이러시나. 위대하신 이안 형님이 좀 도와주셨으면 해서 그러지."

피식 웃은 이안이 고개를 끄덕이며 대답했다.

"좋아, 도와주도록 할게."

"오오!"

이안이 생각 외로 흔쾌히 수락하자, 훈이의 표정이 한층 밝아졌다.

그리고 이안의 말이 다시 이어졌다.

"그런데⋯⋯."

"그런데 뭐?"

"지금 바로 출발하기는 힘들 것 같아."

"왜?"

"내가 지금 좀 많이 졸리거든."

"⋯⋯형이 게임하다가 졸리는 경우도 있어?"

"왜냐면, 잠 안 잔 지 거의 이틀이 다 돼 가니까."

"⋯⋯."

역시나 상식을 초월하는 이안의 대답에, 훈이는 질린 표정이 되었다.

이안이 다시 물었다.

"그거 시간제한 있는 퀘스트야?"

"그, 그런 건 아니야."

"그럼 내일 저녁에 출발하자. 나 잠 좀 푹 자고, 며칠간 밀린 집안일 좀 하고 오게."

훈이가 고개를 끄덕였다.

"알겠어, 형. 천천히 와도 돼. 오랜만에 마계 왔으니까 마정석도 좀 캐면서 놀고 있지 뭐."

"내일 저녁에는 올 거니까 걱정 마."

하지만 이안의 말은 거기서 끝이 아니었다.

그리고 그것은 훈이를 불안하게 만들기에 충분한 것이었다.

"그리고 내가 없는 동안 좀 도와줘야 할 일이 있는데……."

운을 떼는 이안과, 불안에 떠는 훈이.

"뭔데?"

"그건 지금 설명하기 애매하고. 도와줄 거야 말 거야?"

훈이의 고뇌가 시작되었다.

'으으, 어쩌지? 이 형 도와주는 일이 쉬웠던 적은 없었는데.'

하지만 어차피 이안이 돌아온 뒤에는 퀘스트를 하기 위해 출발할 것이고, 그렇다면 끝없는 노가다는 아닐 것이라 생각했다.

훈이가 천천히 주억거렸다.

'그래, 뭐 이안 형 덕에 퀘스트를 할 수 있는 길이 생긴 건데 그 정도쯤이야.'

"알겠어, 형. 도와줄게."

그리고 훈이는, 바로 몇 시간 뒤에 그 말을 후회할 수밖에 없었다.

그날은, 어쩐지 운수가 좋은 날이었다.

심심해서 들른 영주성에서 정말 우연히 이안 형과 마주쳤고, 덕분에 마계에 갈 수 있는 방법이 생겼으니까.

게다가 어쩐 일인지 이안 형은 순순히 내 퀘스트를 도와준다고 했다.

자기가 쉬고 오는 동안 뭔가를 도와 달라고 했지만 그 정도는 별것 아니라고 생각했었다.

하지만 산속 깊숙한 곳에 있는 어두침침한 동굴을 마주한 순간부터, 난 뭔가 잘못되었다는 것을 깨달을 수 있었다.

'뭐지? 여긴 또 형이 찾아낸 새로운 던전인가?'

또 어떤 지옥 같은 던전에 날 데려온 건지 의심스러웠지만, 일단 나는 형을 따라가기로 했다.

강한 적을 상대하는 건 최강의 어둠술사인 내게 숙명과도 같은 일이었으니까.

하지만 그곳은 '던전' 같은 곳이 아니었다.

깡– 깡– 깡–

"형, 이게 무슨 소리야? 저 안쪽에서 나는 소린 거 같은데?"

"응, 맞아. 광물 캐는 소리야."

광물 캐는 소리라니?

그렇다면 여기가 광산이라는 말인가.

나는 이제껏 마계에도 광산이 있다는 말은 들어 보지 못했다.

북부 대륙의 서남쪽에 제국 소유의 금광이 있다는 얘기는 들어 본 일이 있었지만, 마계에 광산이라니?

나는 지금이라도 빠져나와야 하는 게 아닌가 잠시 고민에 빠졌지만, 내 의지와는 달리 몸은 계속 이안 형을 따라가고 있었다.

하, 이것이 바로 노예근성이란 말인가.

결국 나는 이안 형을 따라 광산의 관리사무소 안쪽까지 들어가게 되었다.

"광산 레벨을 3레벨까지 증축한다."

뭐지? 광산 레벨을 증축한다고?

나는 당황스러웠다.

광산을 증축한다는 말은, 이 광산이 이안 형의 소유라는 말이었으니까.

지금껏 제국 소유의 광산은 봤어도, 유저 개인이 광산을 소유한 경우는 들어 본 적도 없었다.

"카카, 전에 미리 봐 뒀던 사역 노예들 있지? 전부 다 고용하자."

"알겠다, 주인아."

형은 항상 함께 다니는 이상한 배불뚝이 꼬마 도마뱀과 알 수 없는 얘기를 나누더니, 골드를 미친 듯이 쏟아붓기 시작했다.

"형, 지금 얼마를 쓰는 거야?"

"3억."

"아까 그 돈 다 쓰는 거야?"

"응."

대화 내용은 간단명료했지만, 충격적이었다.

이게 금수저, 아니, 자수성가한 사장님의 클래스인가?

이안 형은 막힘없이 돈을 펑펑 써 댔고, 광산의 구조는 실시간으로 바뀌고 있었다.

그렇게 30분 정도가 지났을까?

형은 나를 데리고 다시 어디론가 움직이기 시작했다.

좁다란 통로를 따라 쭉 걸어 들어가자 널따란 광산이 눈앞에 펼쳐졌다.

그리고 그곳에는 수십이 넘는 광산 노예들이 줄지어 서서 이안 형을 기다리고 있었다.

이미 열심히 채굴 중인 몇몇 노예들도 눈에 띄었다.

그곳은 한눈에 보아도 착취의 현장 그 자체였다.

나는 더욱더 불안해지기 시작했다.

그런데 그때, 나보다도 키가 더 작은 드워프 하나가 곡괭이질을 멈추더니 이안 형의 앞으로 쪼르르 달려왔다.

"오, 이안, 기다리고 있었소."

"하하, 채굴은 좀 잘 되어 가고 있어?"

"오늘은 시작이 정말 좋소. 벌써 상급 마정석도 하나 캤거든."

"크으, 역시 한의 채굴 솜씨는 최고야."

"후후."

둘은 마치 수십 년은 알고 지낸 친구처럼 만나자마자 수다를 떨어댔고, 드워프 놈의 끈적한 눈빛은 마치 하트라도 발사되는 듯한 착각이 생길 정도였다.

"그나저나, 광산이 이렇게 개발되기 시작하니 좋군. 이 정도 레벨이 되면 채굴할 맛도 좀 더 생기지."

"부탁해, 한. 난 꼭 전설 등급의 마령석이 필요해. 알지?"

"크하핫, 알다마다. 나만 믿고 있으면 반드시 전설 등급의 마령석을 품에 안겨 주겠소."

"좋아, 좋아. 나는 그럼 한만 믿고 있을게."

그런데 그때, 그 못생긴 드워프 놈이 드디어 나를 향해 시선을 옮겼다.

나는 왠지 모르게 온몸에 오한이 드는 것을 느꼈다.

이 드워프 놈, 위험한 놈이 분명했다.

"그런데 이 꼬마 친구는 누구신가?"

못생긴 드워프 놈의 말에, 이안 형이 기분 좋게 웃으며 대답했다.

아니, 제발.

이런 못생긴 땅딸보에게 날 소개시켜 줄 필요는 없다고, 형!

"아, 앞으로 이틀 동안 채굴을 도와줄 친구야."

응? 채굴? 설마 지금, 최강의 어둠술사인 나에게 곡괭이질을 하라는 거야?

하지만 이어진 말은 더욱 가관이었다.

"오호? 그런데 이 쪼그만 친구가 채굴에 도움이 되겠소?"

"이래 봬도 이 녀석, 언데드를 다룰 줄 알거든. 골렘이나 스켈레톤들을 좀 소환하게 해서 채굴을 시키면, 높은 등급의 광물은 못 캐도 하급 광물들은 왕창 캘 수 있을 거야."

이것은 엄청난 발상의 전환이었다.

만약 내가 광산의 주인이었더라도, 생각해 내기 힘들었을 것이다.

아니, 언데드들에게 채굴을 시키다니?

"크으, 역시 이안. 그대의 창의력은 항상 날 놀라게 하는군."

"후후 내 머리가 좀 좋긴 하지."

머리가 좋은 게 아니라, 잔머리가 좋은 거겠지…….

아무튼 나는, 아무런 저항조차 해 보지 못하고 못생긴 드워프에게 맡겨지게 되었다.

아, 물론 날 따라온 노엘이 형은 덤이었다.

어떻게 보면 이 형이 제일 불쌍했다.

"잠깐, 형, 이대로 가는 거야?"

"응. 조금만 도와줘. 일 끝나면 마정석 좀 나눠 줄게."

"자, 잠깐!"

나는 썩은 동아줄이라도 잡는 심정으로 형을 불러 세웠다.

하지만 나의 애처로운 눈빛에도 이안 형은 아랑곳 않고 눈 앞에서 사라져 버렸다.

로그아웃을 한 것이리라.

나는 이대로 조용히 로그아웃을 해 버릴까 잠시 고민했지만, 드워프놈의 매서운 눈빛을 보고는 도무지 용기가 나지 않았다.

이놈은 분명, 이안 형에게 이르고도 남을 녀석이었다.

"자, 꼬마야. 이쪽으로 와 볼까?"

그렇게 노동 지옥이 시작되었다.

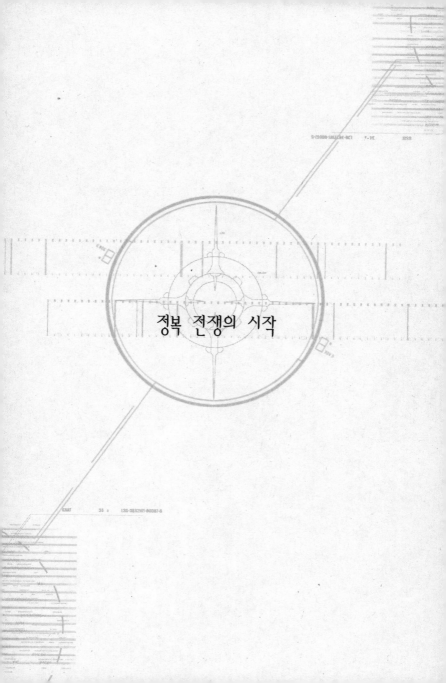

정복 전쟁의 시작

Taming Master

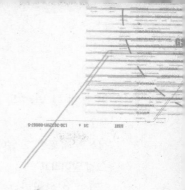

팡— 팡—.

—아, 시끄러. 이게 무슨 소리야?

"무슨 소리긴. 빨래 털고 있다."

—집이야?

"응."

한쪽 어깨로 스마트폰을 받친 채, 진성은 열심히 빨래를 널고 있었다.

그리고 스마트폰 너머에서는, 유현의 목소리가 흘러나왔다.

—그나저나 빨래? 야, 네가 집안일도 하냐?

"그럼 안 하냐?"

—아니, 청소하는 것도 한 번도 못 봤으니까 하는 말이지.

"한 달에 한 번 정도 해."

ㅡ뭐?

"청소, 빨래 등등. 한 달에 한 번 몰아서 한다고."

ㅡ그걸 말이라고……

유현의 어이없다는 듯한 목소리가 흘러나왔지만, 진성은 아랑곳하지 않았다.

"집안일도 한 번에 몰아서 해야 효율이 좋은 법."

ㅡ효율은 무슨. 개풀 뜯어먹는 소리 하고 있네. 아예 몇 달 더 모아서 한 번에 하지 그러냐?

"마음 같아선 한 1년씩 모아서 한 번에 하고 싶은데…… 그랬다간 하린이한테 차일 것 같아서."

어처구니 없어진 유현이 헛웃음을 흘렸다.

ㅡ후우, 말을 말자.

전화로 유현과 시답잖은 대화를 나누던 진성은, 곧 화제를 돌렸다.

"야, 그런데 갑자기 전화는 왜 한 거야? 뭔 일 있어?"

진성의 말에, 즉각 유현의 대답이 들려왔다.

ㅡ뭔 일이야 있지. 지금 영지전 준비 중이잖아, 인마.

"그건 알고 있어."

ㅡ무튼 그래서 말인데. 너 참전 못 하는 거냐?

"아무래도 당장은 힘들 것 같아. 그런데 상대가 레드크로 우라며?"

―응.

"나 없어도 어차피 이기잖아."

―너도 알잖아. 이기는 것도 중요하지만 어떻게 이기느냐도 중요하다는 거.

진성은 곧바로 유현의 말을 알아들었다.

"다른 길드들 연합하는 걸 걱정하는 건가?"

―그렇지.

지금 로터스 길드는, 레드크로우 길드를 압도적으로 찍어 누를 만한 전력을 가지고 있었다.

이안을 제외한다면 유저 전력이야 큰 차이가 나지 않지만, 지금까지 꾸준히 양성해 놓은 병력이 어마어마했기 때문이다.

특히 최근에 육성 가능해진 병력인 와이번 라이더들의 경우에는, 한 기 한 기가 어지간한 랭커 유저급의 위력을 발휘하는 수준이었다.

아마 로터스 길드가 전력을 다한다면, 레드크로우는 그대로 쑥대밭이 되어 버리리라.

'하지만 그렇게 이겨 버리면 곧바로 다른 랭커 길드들의 합공을 받게 되겠지.'

물론 어지간한 랭커 길드들이 연합하더라도 로터스가 쉽게 질 일은 없을 것이다.

하지만 그게 중요한 게 아니었다.

점령전을 벌이고 덩치를 키워 가는 과정에선 손실을 최소화하는 것이 관건이다.

그래야만 로터스 길드가 왕국을 선포하더라도 루스펠 제국이 함부로 움직이지 못할 것이다.

이안은 다시 스마트폰에 귀를 기울였고, 유현이 말을 이었다.

-그래서 피올란 님이랑 세운 전략이 우리 영지군 전력은 최대한 감추고, 유저들만 가지고 영지전을 해 보자는 거였거든. 조금 위험할 수는 있어도 그만큼 얻을 수 있는 게 많으니까.

"그렇게 해서 아슬아슬하게 이기면 확실히 많은 부분 감출 수 있겠네."

-그래서 보험으로 네가 필요했던 건데……. 어쨌든 레드크로우 길드랑 세인트빌 길드만 자르고 나면, 그 뒤엔 그냥 힘으로 밀어붙여 버리려고.

진성이 고개를 끄덕이며 대답했다.

"확실히 괜찮은 생각이야. 유저들이야 어차피 죽어도 부활하니까."

유저들과 달리, 영지에서 육성한 NPC 병력들은 한 번 사망하면 그대로 소멸한다.

최대한 유저들만으로 전쟁을 진행한다면 길드 전력을 최대한 숨김과 동시에, NPC 병력을 아낄 수 있게 되는 것이다.

유현의 말이 다시 이어졌다.

-그래서 말인데. 너 언제쯤 합류할 수 있어?

"음…… 훈이 퀘스트 도와주고 같이 합류할 생각이니까,

한 1~2주 정도면 되지 않을까?"

―확실한 건 아니네.

"아무래도 그렇지? 기간이 정해진 퀘스트는 아니니까."

―알겠어. 그럼 일단 넉넉히 한 달 잡고 계획 짜 볼게.

"오케이, 그러자."

몇 가지 전략에 관한 이야기를 더 나눈 뒤, 진성은 전화를 끊고 빨래를 마저 널기 시작했다.

'확실히 이제 왕국 선포를 할 때가 되긴 했지.'

대영지를 선포한 지도 벌써 몇 달이 지났다.

심지어 왕국 선포를 위한 조건 또한 이미 오래전에 달성해 놓은 상태였다.

이제껏 왕국 선포를 미뤄 왔던 이유는, 사실 루스펠 제국 때문이었다.

왕국을 선포한다는 것은 루스펠 제국의 그늘에서 벗어나 겠다는 의미였으니까.

물론 매달 조공품을 상납하며 속국과 같은 스탠스를 취할 수도 있겠지만 그러고 싶지는 않았다.

왕국을 선포한 다음 순서는 루스펠 제국의 깃발을 꺾고 로터스 제국을 선포하는 것이었으니까.

'시작했으면 단숨에 뿌리 뽑아야지. 적어도 북동부는 전부 장악해야 루스펠과 한 번 해볼 만할 거야.'

머릿속으로 이런저런 구상을 해 보며, 진성은 남은 빨래들을 마저 널었다.

"흐으, 이것도 못할 짓이네. 골드 좀 환전해서 건조기라도 하나 장만해야겠어. 지난번에 홈쇼핑에서 봤을 때 주문해 놓을걸."

가사노동에 지친 진성은 한차례 기지개를 켜더니, 침대에 벌렁 드러누웠다.

"딱 1시간만 뒹굴다가 접속해야지."

그리고 문득 이안의 뇌리에 잊고 있던 훈이가 떠올랐다.

"그나저나 훈이 녀석은 잘하고 있으려나?"

"오오, 여기! 이쪽으로 와 보십시오, 한 님!"

"무슨 일인가?"

"저기 처음 보는 광물입니다!"

"잠시만 기다리시게. 곧바로 가 보도록 하지!"

이제는 제법 광산다운 구색을 갖춘, 이안의 마력 광산.

이안의 신임을 받아 광산의 총책임자가 된 드워프 한은, 누구보다 의욕적으로 일하는 중이었다.

심지어 이안은 한에게 조수도 하나 붙여 줬는데, 그는 토마슨 이라는 이름의 인간 종족 광부 NPC였다.

"토마슨, 어느 쪽인가?"

"C섹터 채굴 지역입니다."

"으음? 거기는 흑마법사 꼬마 놈이 채굴 중인 곳인데?"

토마슨을 따라 움직인 드워프 한은, 멀리서부터 흘러나오는 새하얀 광채를 보며 탄성을 내질렀다.

"호오, 이 정도의 백광白光이라면……!"

그리고 빛이 흘러나오던 곳의 앞에는, 퀭한 표정으로 곡괭이를 들고 서 있는 훈이가 있었다.

한을 발견한 훈이가 힘없는 목소리로 말했다.

"땅딸보 왔냐?"

드워프 한이 인상을 쓰며 대꾸했다.

"땅딸보 아니다, 꼬마 놈아."

"아니긴! 나보다도 키가 작은 주제에."

한이 고개를 절레절레 저으며 대답했다.

"후우, 뭘 모르나 본데, 내가 우리 우르크 집안에서 신이 내린 비율로 통했던 미남 드워프다."

"푸읍!"

순간 사레가 들린 훈이가 켁켁거리기 시작했다.

광산 여기저기서 피어오른 흙먼지 때문에 훈이의 기침은 쉽사리 멈추지 않았다.

"컥, 커컥!"

하지만 한은, 아랑곳 않고 말을 이었다.

"내 자로 잰 듯한 완벽한 3등신은 뭇여성 드워프들의 마음을 빼앗곤 했지."

"후우……."

가까스로 기침을 멈춘 훈이가 한숨을 푹 내쉬며 말했다.

"됐으니까, 이거 광물이나 좀 봐 봐. 이거 내가 캐려고 했더니 저 돌덩이가 막잖아."

훈이가 손가락으로 옆에 있던 고르 일족 광부를 가리켰다.

훈이와 비슷한 키에 바위로 만들어진 둔중한 몸집을 가진 미니 골렘.

그는 바위 소리를 내며 어깨를 으쓱해 보였다.

드륵– 드르륵–.

그러자 한이 반색하며 말했다.

"오오, 훌륭한 판단이군."

그리고 훈이를 보며 말을 이었다.

"네 녀석은 흑마법사 맞냐?"

"또 왜 시비냐?"

"어떻게 마법사라는 녀석이 뇌도 없다고 알려진 고르 일족보다 머리가 나빠?"

"후우……."

"채굴 스킬도 없는 네 녀석이 이걸 캘 수 있을 리 없잖아?"

한은 한심하다는 듯 훈이를 쳐다보았다.

이안이 훈이가 저지를 뻔한 참사를 이미 한차례 저지른 것을 알았더라면, 한의 친밀도가 10포인트 정도는 내려갔으리라.

훈이와 몇 차례의 실랑이를 더 한 뒤, 한은 조심스레 광물을 향해 다가갔다.

훈이를 괴롭히는 것도 충분히 재밌었지만, 희귀한 광물을 채굴하는 재미에 비할 바는 아니었다.

미스릴 곡괭이를 들고 광물의 앞에 다가간 한은 광물을 찬찬히 살피더니 탄성을 내질렀다.

"이 정도라면…… 못해도 상급 이상의 마령석이군!"

훈이와 실랑이할 때와는 사뭇 다른 진지한 표정이었다.

프로 광부 한의 곡괭이질 소리가 광산 내부에 다시 울려 퍼지기 시작했다.

깡- 깡- 깡-.

마계와 인간계 간의 대규모 차원 전쟁.

그후 한 달 가까이 조용하던 카일란 공식 홈페이지가 최근 다시 뜨겁게 달아오르기 시작했다.

-크으, 로터스 길드 언제 칼 뽑아드나 궁금했는데. 드디어 파이로 요 새 밖으로 기어 나오네요.

-그러니까요. 레드크로우vs로터스라니, 이거 리얼 꿀잼인데요?

-님들, 어디가 이길까요? 지금 배팅카일란 사이트 가서 확인해 봤는데, 배당률 거의 반반이던데.

배팅카일란은, 카일란 내에서 벌어지는 길드전이나 결투장 등 일정이 정해져 있는 매칭의 결과를 예측하는 일종의 스포츠 토토 같은 사이트였다.

-최근 길드전 전적만 봐서는 레드 크로우가 압승이긴 한데, 그래도 로터스라서 함부로 판단을 할 수가 없네요.

-그렇죠? 아무래도 그 이안이 있는 길드인데 로터스가 진다는 건 상상이 되질 않네요.

-하긴, 차원 전쟁 때 봤던 이안의 전투력이라면……. 이안을 막을 만한 대항마가 레드 크로우엔 없죠.

-그럼 대체 왜 배당률이 반반인 거지?

-그 이유라면 제가 알고 있죠.

-오, 그게 뭔데요?

-이번 점령전에 이안이 참전 안 한다는 지라시가 있더라고요. 신빙성도 제법 있고…….

-오, 정말요?

-네. 리얼임. 최근 로터스 길드가 길드전에서 연패한 것도 그 때문이라는 말이 많아요. 차원 전쟁 이후로 벌써 길드전만 10회 가까이 했는데,

그 사이에 이안은 단 한 번도 참전하지 않았어요.

—오호, 제가 길드전은 잘 안 챙겨 봐서 그건 몰랐네요. 그런데 참전은 왜 안 한답니까?

—뭐, 이안이 지금 중요한 퀘스트를 하고 있다든가, 어떤 이유가 있어서겠죠?

—흐음, 그래도 이번 점령전엔 참여하지 않을까요? 길드전이야 단순히 길드 명성이랑 순위에만 영향을 미치는 거고, 영지전은 패배하는 순간 거점 하나를 뺏겨 버리는 중요한 전투인데.

—그거야 모르죠. 그래서 배당율이 반반인 거 아닐까요?

—ㅋㅋㅋㅋ그것도 그럴듯하네요. 이안이 영지전에 등장할 확률 반, 등장하지 않을 확률 반인 건가?

사실 몇 달 전이었다면, 고작 '영지전'이 이렇게 화제가 되지는 않았을 것이다.

아무리 이안이 속해 있는 로터스 길드의 영지전이라고 할지라도 말이다.

하지만 거의 한 달이 넘게 사건사고 없이 평화로웠던 카일란이기에, 이번 영지전이 무척이나 큰 이슈가 된 것이다.

각종 게임 방송사에서도 득달같이 달려들었다.

방영할 만한 콘텐츠가 부족하니, 이것은 당연한 현상이었다.

그리고 이러한 관심 속에서 드디어 두 길드 간의 영지전이 시작되었다.

"형, 이건 너무하잖아."

돌아온 이안으로부터 광산에서 구출된 훈이가 볼멘 목소리로 투덜거렸다.

"뭐가 너무해, 인마."

"아니, 차라리 퀘스트나 사냥을 시켰으면 힘들어도 그러려니 하는데, 광산 채굴이라니! 나 같은 고급 인력을 채굴에 쓰다니!"

이안이 피식 웃으며 대꾸했다.

"고급 인력이니까 쓴 거지, 인마. 네가 흑마법사가 아니었으면 쓰지도 않았어."

언데드들을 이용해 채굴한 것을 말하는 것이리라.

"그걸 말이라고……."

그런데 이어진 이안의 말은 더욱 가관이었다.

"훈이, 다음에도 형 도와줄 거지?"

"그게 무슨 말이야 대체. 내가 이걸 왜 또 해? 안 해!"

어처구니 없다는 듯한 표정을 지은 훈이는, 고개를 격렬하게 흔들었다.

그리고 그런 훈이를 본 이안은 피식 웃으며 인벤토리에서 무언가를 뒤적이며 꺼냈다.

"이건 또 뭔데?"

"자, 받아. 일당이다."

"음?"

훈이는 이안이 건넨 묵직한 주머니를 받아들었고, 그 순간 그의 눈앞에 시스템 메시지가 떠올랐다.

띠링―.

―유저 '이안'으로부터, 200만 골드를 받았습니다.

―유저 '이안'으로부터, 중급 마정석 다섯 개를 받았습니다.

―유저 '이안'으로부터, 하급 마정석 열 개를 받았습니다.

―유저 '이안'으로부터, 최하급 마정석 스무 개를 받았습니다.

"헉!"

순간 훈이는 헛바람을 들이켰다.

이틀치 일당이라기엔 보상이 어마어마했기 때문이다.

'이, 이걸 다 골드로 환전하면 최소 350만 골드는 되겠어!'

350만 골드.

일당으로 따지자면 하루에 175만 골드.

말이 350만 골드였지, 이것은 훈이가 거의 2~3주 꼬박 노가다해야 벌 수 있는 액수였다.

전설 등급 이상의 옵션 좋은 아이템이라도 드롭되면 얘기가 다르긴 하겠지만, 그런 아이템은 쉬이 볼 수 있는 게 아니었다.

단지 전설 등급이라면 한 달에 한두 번은 드롭되지만, 그렇다고 하더라도 옵션이 나쁘면 50만 골드도 받기 힘든 것이 요즘 경매장 시세였다.

　이제 고레벨 유저들이 많아져서 전설 등급의 장비들도 물량이 많이 풀린 탓이었다.

　그렇다면 이안은 어째서 훈이에게 이렇게 넘치는 일당을 준 것일까?

　이안이 착한 형이어서 동생을 챙겨 준 것은 당연히 아니었다.

　'훈이 녀석을 계속해서 써먹으려면 아쉽지 않게 챙겨 줘야지.'

　언데드들의 채굴 효율은 이안의 예상보다도 더 훌륭했다.

　특히 하급 언데드들의 경우 이지를 가지고 있지 않았고, 그러다 보니 마치 고르 일족처럼 쉬지 않고 일할 수 있는 것이었다.

　훈이의 마력이 전부 소모되기 전까지 언데드들은 쉬지 않고 일할 수 있었고, 그러다 보니 사실상 훈이 혼자서 최소 20인분 정도의 역할을 해낸 것.

　임모탈의 권능을 이어받은 훈이의 마력은 넘쳐날 정도로 많았고, 최하급 언데드들 정도는 계속 소환해 두어도 마력이 줄지 않았다.

　사실 이안이 챙겨 준 300만 골드 이상의 일당도 훈이의 노동력 가치에 비하면 오히려 적은 편인 것이다.

그러나 훈이는 생각지도 못한 어마어마한 보상에 멍해져 있었다.

"이, 이거 정말 나 주는 거야?"

"물론이지. 이 형이 아끼는 동생을 홀대할 수 있겠어?"

훈이를 향해, 이안이 씨익 웃어 보이며 한마디 덧붙였다.

"아무튼 이건 이번에 일한 이틀치 일당이고, 이제부터는 우리 훈이가 형을 도와주지 않겠다면 어쩔 수 없네. 다른 흑마법사를 한번 알아봐야지 뭐."

말을 마친 이안이 시선을 돌려 먼저 앞으로 걸어 나가기 시작하자, 훈이가 황급히 이안을 따라가 그의 팔을 붙들었다.

"형, 내가 너무 생각이 짧았어!"

이안이 어깨를 으쓱하며 대답했다.

"뭐가?"

"존경하는 이안 형님의 일인데, 내가 당연히 도와야지!"

이안은 훈이를 놀리는 게 재밌는지 너스레를 떨었다.

"에이, 내가 어떻게 대륙 최고의 흑마법사인 간지훈이 님을 또 광부로 고용하겠어. 오히려 이 형의 생각이 짧았던 것 같다, 훈아."

"혀, 형……."

결국 이안에게 앞으로도 광산 일을 도와줘도 된다는 확답을 받아낸 훈이는 실실 웃으며 앞장서 걷기 시작했고, 일행은 마계 25구역을 벗어나 24구역으로 이동했다.

목표는 마계 20구역에 있다는 마신 '데이드몬의 신전'이
었다.

쾅 콰아앙-!

연이어 터져 나오는 격렬한 굉음, 그리고 뒤이어 쏟아져
나오는 커다란 함성.

와아아!

성문이 부서져 나가며, 십수 명의 기사들이 방어선을 뚫고
들어가기 시작했다.

"지금이 기회다! 화력 집중시켜!"

"이번에 밀어 버리자!"

로터스 길드와 레드크로우 길드 간의 공성전.

공성전이 벌어진 곳은 중부 대륙에 있는 레드크로우 길드
의 영지인 셀리카 영지였고, 수많은 유저들이 이 공성전을
지켜보고 있었다.

관전 시스템을 통해 직관하는 유저만 해도 수천 명은 되는
수준이었고, 방송사의 중계를 통해 시청하는 유저는 그 열
배도 넘어갔다.

-아, 이거 큰데요! 방심하던 사이에 아이스 블레스트가 성문을 직격

했어요!

　―기가 막힌 연계입니다! 피올란 유저의 아이스 블레스트가 발동되자마자, 그 앞에 렐리카 유저의 마력장이 생성됐거든요.

　―아하, 하인스 님은 거기까지 보신 거로군요!

　―자, 저기 느린 화면 보시면 확실히 아시겠지만, 보라색 원형의 기파가 얼음덩이 앞에 생성되는 것 보이시죠? 저게 마력장입니다. 마력장은 투사체의 공격력을 일시적으로 한 배 반 증가시켜 주고, 피격 범위를 세 배 증가시켜 주는 보조 마법이죠.

　―그래서 아이스 블레스트가 한 방에 성문을 뚫을 수 있었던 거군요.

　―그렇습니다. 아이스 블레스트는 원래 방어 타워나 성문을 파괴하는 데 특화된 마법이거든요. 그런데 마력장까지 덧씌워진 블레스트가 정확히 성문을 직격했으니, 뚫리지 않는 게 이상한 겁니다.

　―피올란 유저가 1분 가까이 전장에서 보이지 않았던 이유가 바로 이것이었군요. 아이스 블레스트는 캐스팅 시간을 길게 가져갈수록 파괴력이 증폭되는 마법이니까요.

　―그렇습니다. 이제 루시아 님이 해설하셔도 되겠습니다, 하핫.

　―호호, 서당 개 3년이면 풍월을 읊는다고 하잖아요. 제가 하인스 님 따라다닌 게 벌써 1년이 넘었는데요.

　―하핫, 어쨌든 이 한 방으로 전세가 완전히 뒤집어지겠습니다.

　―그렇죠? 이미 로터스 길드의 기사, 전사 클래스 유저들의 대부분이 내성으로 진입해 버렸어요. 원거리 딜러들 위주로 병력을 구성해 놓은 레드크로우 길드가, 이렇게 되면 좀 힘들어질 것 같군요.

-레드크로우 길드 입장에서는 아쉽겠어요. 한 1시간 정도만 더 버텼
으면 수성에 성공하는 거였는데 말이죠.

　어느덧 YTBC의 간판 해설자로 자리 잡은 하인스와 루시아.

　두 사람의 해설처럼. 성문이 뚫리면서 전세는 완전히 로터
스 길드 쪽으로 기울어 버렸다.

　그리고 공성전을 보고 있던 유저들은 하나같이 손에 땀을
쥐고 있었다.

　- 크으, 역시 로터스가 이길 줄 알았어!

　-이안 없는 로터스는 중상위권 길드 정도 전력일 거라 생각했는데
까 보니까 아니네요.

　-그러게요. 레드크로우 요즘 승승장구 하고 있었는데, 어떻게 이안도
없는 로터스에 털리는 거지?

　-털렸다고까지 하기는 뭐하죠. 사실 방금 전까지는 거의 완벽하게 틀
어막고 있었으니까요.

　-방금 아이스 블레스트 들어가는 타이밍이 진짜 예술이었는데, 피올
란이라는 유저는 누구죠? 처음 듣는데.

　-헐, 피올란을 모르시다니. 지금 마법사 랭킹 10위 안에 들어있는 빙
계 마법사 유저에요. 파이로 영지 영주이기도 하고요.

　-아하, 어쩐지 컨이 예사롭지 않다 했어요.

　-그나저나 이 채팅방에 아까 로터스 까던 님들 다 어디 가셨나.

　-ㅋㅋㅋㅋㅋㅋ아마 지금 엉엉 우느라 채팅 못 할 듯.

-왜요?

-왜긴요. 배팅카일란 때문이죠. 아까 보니 어떤 님 레드크로우에 300만 골드 배팅하셨던데.

-헐ㅋㅋㅋㅋ 300만 골드요? 아, 아까 그 님이구나. 로터스 라인업에 이안 없는 거 보고 신나서 날뛰던 분.

결국 20여 분 만에 공성전은 막을 내렸고, 중부 대륙에서도 손에 꼽을 정도로 규모가 큰 셀리카 영지는 로터스 길드의 소유가 되었다.

그리고 이 공성전을 기점으로 해서 로터스 길드에 대한 평가가 조금씩 달라지고 있었다.

그것은 공식 홈페이지에 올라오는 분석가들의 전력 분석 게시글 제목들만 봐도 알 수 있었다.

-이안 없이도 한 방이 있는 로터스 길드.

-생각보다 전력이 막강한 로터스. 이안만 합류한다면 5위권에 랭크되어 있는 길드들과 맞붙더라도 꿀릴 것 없어 보이는 수준의 전력.

많은 유저들의 관심이 집중된 상황에서, 로터스 길드의 행보는 계속되었다.

셀리카 영지를 시작으로 중부 대륙의 다른 영지들에 차례로 영지전을 걸기 시작한 것이다.

특히 다음 영지전의 상대는 무려 7위에 랭크되어 있는 롤랑카 길드.

롤랑카 길드는, 루스펠 제국 소속의 길드 중에 무려 3위에 랭크되어 있는 막강한 길드였다.

이쯤 되자 이제는, 루스펠 제국 소속의 유저들뿐 아니라 카이몬 제국 소속의 유저들, 나아가 마족으로 전향한 유저들까지 로터스 길드의 행보에 주목하기 시작했다.

"형, 잠깐만 쉬었다 움직이자."

"그럴까? 안 그래도 지금 정비를 좀 해야 될 것 같긴 했어."

"응, 나도 마력 좀 채우고, 쿨타임 좀 기다렸다가 다시 움직이는 게 좋을 것 같아서."

마계 21구역.

이안 일행은 생각보다 고전하고 있었다.

한 구역 한 구역 아래로 내려갈수록, 마수들의 전투력이 기하급수적으로 강해졌기 때문이었다.

"노엘이는 어때? 역소환시킨 소환수들 다시 소환하려면 얼마나 기다려야 하지?"

"다른 애들은 다 쿨 돌아왔고요, 레이크가 한 5분, 카르덴이 한 20분 남았어요."

"야, 그나저나 레이크가 너한테 간 뒤로 더 잘 성장하고 있는 거 같다 야."

"에이, 아니에요. 제가 오히려 레이크 덕에 도움 많이 받고 있죠. 형이 워낙 잘 키워 놓으셔서……."

얼마 전 이안은, 어느 순간부터 항상 아공간에서 놀고 있던 레이크를 카노엘에게 분양해 주었다.

레이크를 부리기에 통솔력이 부족하기도 했고, 포지션이 겹치는 소환수도 많았기 때문이었다.

그리고 드래곤 테이머인 카노엘은, 드래곤 타입의 소환수들을 많이 보유할수록 시너지를 낼 수 있는 패시브 스킬들을 많이 가지고 있었다.

드레이크 킹인 레이크를, 카노엘이 잘 활용해 주고 있는 것이었다.

"노엘이는 항상 겸손하단 말이야. 야, 훈이 너도 좀 보고 배워라."

이안의 말에 훈이의 표정이 와락 일그러졌다.

"아, 또 왜 나한테 그래, 형?"

"몰라서 묻나?"

훈이와 티격태격하던 이안은, 소환수들을 한 차례 정비하며 멀찍이 보이는 게이트를 슬쩍 응시했다.

'저기만 지나면 이제 20구역. 데이드몬의 신전이라는 곳이 저기 있겠지.'

20구역부터는 정말 강력한 마수들이 등장할 게 분명했다.

이안 일행이 전력을 다하더라도 쉬이 상대할 수 없는 그런 괴물들.

그렇기에 이안은 더욱 피가 끓었다.

사실 차원 전쟁이 끝난 이후 한동안 너무 쉬운 전투만 해서 무료했기 때문이었다.

'마신의 신전이라는 거창한 이름을 가진 던전이니까, 발록까지는 아니더라도 전설 등급의 마수 한 마리 정돈 만나 볼 수 있으면 좋겠는데.'

기대감에 찬 이안의 두 눈이 반짝이기 시작했다.

마계의 지역은 누구나 알다시피 단위 수가 내려갈수록 더 강한 마수들이 등장하게 된다.

특히 10단위가 바뀔 때면 그 전 단계의 구역보다 수준이 기하급수적으로 증가하게 되는데, 20구역에 발을 들인 이안은 그 어느 때보다 뼈저리게 느끼고 있었다.

'이건 좀 심한데?'

이안 일행은 게이트를 넘어오자마자 일단의 마수 무리들을 발견했다.

새카만 가죽에 붉은 눈과 이빨을 가진 거대한 '다크 하운드'들이 이안을 둘러싸고 있었다.

사실 다크 하운드는 상급 마수로, 이안이 지금까지 쉽게 사냥해 왔던 녀석들이었다.

하지만 지금은 상황이 좀 달랐다.

"형, 조심해야 할 것 같아. 350레벨짜리도 있어."

"보고 있다."

350레벨이라는 무지막지한 레벨도 문제였지만, 더 문제인 것은 그런 녀석들이 열 마리도 넘게 무리지어 있다는 부분이었다.

'전설 마수는커녕, 시작부터 전력을 다해야겠는데?'

현재 이안의 레벨은 267이었다.

신화 등급인 뿍뿍이와 카르세우스 그리고 카이자르 덕에 사냥 속도가 배 이상 빨라졌고, 덕분에 레벨 업 속도가 어마어마해진 탓이었다.

레벨 업이 가장 쉬운 클래스라는 흑마법사 클래스의 랭킹 1위인 훈이가, 이제 245레벨이라는 것을 생각하면 정말 압도적인 레벨이라고 할 수 있었다.

모르긴 몰라도 아마 이안을 제외한다면 220레벨도 달성한 소환술사가 없을 것이었다.

하지만 350레벨이라는 수치와 비교한다면 터무니없이 부족한 레벨이었다.

'하나씩 잘라먹어야 돼.'

이안의 머리가 빠르게 회전하기 시작했다.

이 전력 차이를 극복하기 위해서는 완벽한 스킬 운용과 컨트롤이 필요했다.

"노엘아, '드래곤의 대지' 스킬 활성화됐어?"

이안의 물음에 카노엘이 고개를 끄덕이며 대답했다.

"네. 재사용 대기 시간은 돌아왔는데…… 지금 그것까지 써야 할까요?"

"응, 써야 된다. 이놈들 극딜로 빨리 못 잡으면, 좀비같이 계속 회복하는 놈들이야."

"알겠어요, 형."

드래곤의 대지는 현재 카노엘이 가진 모든 스킬들 중 최상위 버프 스킬이었다.

30분 동안 모든 드래곤 타입의 소환수들의 능력치를 30퍼센트만큼 뻥튀기시켜 주는 데다, 드래곤 브레스의 재사용 대기 시간을 50퍼센트만큼 감소시켜 준다.

거기에 드래곤 소환수에 한해서 입힌 피해의 10퍼센트를 생명력으로 환원시켜 주는 흡혈 버프까지 추가로 걸어 주는 스킬이었다.

하지만 재사용 대기 시간이 무려 10시간이었기에, 무한정 쓸 수 있는 스킬은 아니었고, 그렇기에 카노엘이 지금 사용해야 할지 물어본 것이었다.

"드래곤의 대지까지 쓸 거면 나는 스킬 좀 아낄게, 형."

훈이의 말에 이안이 고개를 끄덕였다.

어차피 드래곤의 대지가 깔리게 되면, 전장은 이안이 지배하게 될 것이었다.

카노엘의 이 스킬은 이안과 함께할 때 어마어마한 시너지를 내었으니까.

그렇지 않아도 강력한 소환수인 카르세우스와 뿍뿍이가, 이 드래곤의 대지 위에서라면 말 그대로 미쳐 날뛸 수 있었다.

크아아오―!

이안 일행이 의견을 교환하는 동안 그들을 발견한 다크 하운드 한 마리가 커다랗게 포효했다.

그리고 그와 동시에 다른 하운드들의 시선도 이안 일행을 향해 돌아왔다.

'다크 하운드 열넷. 그리고 싸우다 보면 근처에서 다른 녀석들도 몰려오겠지.'

이안이 정령왕의 심판을 만지작거렸다. 하루에 두 번도 사용하기 힘든 '드래곤의 대지' 스킬을 활성화시킨 이상, 최대한 뽕을 뽑아내야 했다.

"카르세우스, 뿍뿍이. 브레스 준비해."

"알겠다, 주인."

카노엘도 자신의 소환수들에게 명령을 내렸다.

"레이크, 카르덴, 용용이, 너희도 준비!"

크르릉―!

카노엘의 말을 들은 이안이 문득 고개를 돌리며 그에게 물었다.

"노엘, 근데 용용이 쟤는 왜 아직까지 데리고 다니는 거냐?"

카노엘이 뒷머리를 긁적이며 대답했다.

"왜요?"

차마 성장치도 평균 이하인 녀석을 왜 그렇게 애지중지하는지 모르겠다는 말을 할 수 없었던 이안은, 멋쩍은 표정을 지으며 얼버무렸다.

"아니, 뭐……."

그에 카노엘이 피식 웃으며 대답했다.

"제일 정이 많이 든 녀석이라 그래요."

이안이 어깨를 으쓱해 보였다.

"뭐, 통솔력만 부족하지 않다면 사실 상관없지."

"힘을 합쳐 보자?"

"그런 셈이지. 저 허접한 호왕 길드가 벌써 몇 주째 마계 길드 랭킹 1위를 차지하는 걸 보고만 있을 수는 없잖아?"

마계 100구역.

분노의 도시 외곽에 있는, 다크루나 길드의 길드 거점.

두 남자가 탁자를 사이에 두고 의미심장한 대화를 나누고 있었다.

한 사람은 다크루나 길드의 길드마스터인 이라한이었고, 다른 한 사람은…….

"림롱, 네놈이 강한 건 알고 있지만 힘을 합친다는 말을 하기에는 좀 어폐가 있지 않나?"

"뭐가?"

이라한의 말에 림롱이 바로 반문했고, 곧바로 이라한이 다시 말을 이었다.

"넌 지금 혼자고, 내게는 다크루나 길드가 있지. 힘을 합치자는 얘기는 동등한 조건에서 이뤄져야 하는 것 아닌가? 그게 아니라면 네놈이 내 밑으로 들어와야 하는 거겠고."

림롱은 이라한과 쌍벽을 이룰 정도로, 현재 마계에서 다섯 손가락 안에 꼽히는 강자였다.

암살자 랭킹 1위인 림롱.

후발주자인 암살자 클래스를 가지고 림롱이 이렇게 최상위 랭커들과 급을 나란히 하게 된 데에는, 림롱의 실력이 뛰어난 이유도 있었지만 암살자 클래스의 '간접 버프'가 가장 컸다.

'마족' 종족 오픈과 함께 가장 득을 많이 본 클래스가 암살자인 것이다.

암살자 클래스의 스킬 중에는, 짧은 시간 동안 치명타 확률을 비롯한 타격 시 발동하는 모든 추가 효과를 100퍼센트로 만들어 주는 스킬이 있는데, 그게 마기 발동률에 적용되었던 것이다 .

그래서 최근 암살자들의 육성메타가 완전히 바뀌어 버렸다.

기존에는 최대한 공격력을 뻥튀기시켜서 단 한 방에 적의 숨통을 끊어 놓는 전투 방식이 성행했다면, 최근에는 공격 속도를 극대화시키는 전투 방식으로 바뀐 것이다.

마족이 되어 마기량을 최대한 늘려 놓고 공격 속도와 항마력 관통이 붙은 아이템들을 최대한 도배한 뒤, 암살자 클래스의 고유 능력인 '그림자의 춤'을 발동시키는 것.

'그림자의 춤'은 5초 남짓의 짧은 지속 시간을 가지고 있었지만, 그 정도의 시간이면 충분했다.

마기를 3만 정도 보유했다고 가정할 때 5초 동안 10~20회 정도 타격이 가능하다면, 순식간에 30만~60만의 극딜이 들어가게 되는 것이다

이 메타의 창시자이자 가장 강력한 암살자인 림롱의 경우에는 순식간에 100만에 가까운 피해를 입히는 것이 가능한 수준이었다.

이라한도 림롱과 일 대 일 승부에서 승리를 장담할 수 없었고, 그렇기에 그를 인정하고 있었다.

거기에 최초의 노블레스 마족 유저도 림롱이라는 이야기가 있었는데, 이라한은 그것을 거의 확신하고 있었다.

하지만 그렇다고 하더라도 혼자라면 얘기가 달랐다.

다크루나 길드 전체를 등에 업은 이라한이, 림롱에게 자신과 동등한 대우를 해 줄 이유는 없는 것이다.

이라한의 말에 림롱이 피식 웃으며 품 속에 손을 집어넣었다.

"누구 마음대로 내가 혼자지?"

"......?"

림롱은 의아한 표정을 짓는 이라한의 눈앞에 품 속에서 꺼낸 적동패赤銅牌를 보여 주었다.

그러자 이제껏 여유만만한 표정이던 이라한의 두 눈이 살짝 커졌다.

"적동패라…… 게다가 천살天殺? 천살 길드의 길드 마스터가 네놈이었나?"

림롱이 씨익 웃으며 말했다.

"그래, 천살 길드의 길마가 바로 나지. 어때, 이제 좀 대화할 마음이 생겼나?"

이라한은 삐딱하던 자세를 고쳐 앉았다.

림롱이 아무리 강하더라도 혼자일 때는 의미가 없었지만, 천살 길드의 길드마스터라면 얘기가 달랐다.

'어쩐지. 그런 길드가 갑자기 하늘에서 툭 튀어나왔을 리는 없다고 생각했어.'

천살 길드는 카일란의 모든 길드들을 통틀어 봐도 가장 특이한 길드 중 하나였다.

모든 길드원이 '암살자'로만 구성된 길드였던 것이다.

구성원이 서른 명도 안 되는 소수정예였기에 길드 랭킹은 100위권에도 들지 못했지만, 거의 대부분의 암살자 랭커들이 소속되어 있는 곳이었기에 랭커들 사이에서는 유명한 길드였다.

이라한이 입을 열었다.

"그래, 천살 길드의 마스터라면 얘기가 다르지. 나는 제대로 협상할 준비가 됐어."

림롱의 입꼬리가 가볍게 말려 올라갔다.

'여기가…… 마신 데이드몬의 신전?'

마계 20구역은 무척이나 넓었다.

21구역과 비교하면 거의 서너 배 정도는 됨직한 넓이였다.

데이드몬의 신전은 가장 깊숙한 곳에 자리하고 있었고, 덕분에 이안 일행이 그곳에 도달하는 데까지는 무려 닷새가 꼬박 걸렸다.

"제대로 찾아온 것 같은데, 형?"

훈이의 말에 이안이 고개를 끄덕였다.

"네 쫄따구가 말했던 외형이랑 거의 비슷하긴 하네."

이안의 말에, 훈이의 옆에 있던 데스나이트 발람이 발끈

했다.

"난 명예로운 기사, 데스나이트 발람이다. 그런 저급한 호칭은 사용하지 않았으면 좋겠군."

하지만 이안은 가볍게 무시해 주었다.

"역시, 쫄따구들은 주인을 닮는 건가?"

"……"

둘의 대화를 듣던 뿍뿍이가 한마디 거들었다.

"난 쫄따구가 아니라서 주인을 닮지 않은 것같뿍."

카이자르도 고개를 끄덕이며 덧붙였다.

"확실히 나도 그런 것 같군."

이번에는 어이없어진 이안이 할 말을 잃었다.

"……"

일행을 한 번 둘러본 이안이 천천히 신전 안쪽으로 걸음을 옮겼다.

"조심해서 들어가 보자. 안에 뭐가 있을지 모르니 정신들 바짝 차리고."

"알겠어, 형."

"오케이."

훈이와 카노엘이 동시에 대답했고, 일행은 천천히 움직이기 시작했다.

높다랗게 솟아오른 새하얀 신전.

이안 일행은 그 안으로 조심스레 진입했다.

쿠르릉—.

마치 천둥소리를 연상케 할 만큼 거대한 진동이 장내에 울려 퍼졌다.

거의 수십 미터는 되어 보일 정도로 높다란 층고에, 의미를 알 수 없는 신비로운 문양이 잔뜩 새겨져 있는 웅장한 공간이었다.

게다가 붉은 섬광들이 여기저기서 피어오르며 신비로움마저 연출하고 있는 이곳은 마신의 신전, 그 가장 깊숙한 심처였다.

여러 차례에 걸쳐 울려 퍼지던 커다란 진동소리가 멎어들자, 허공에 피어오르던 붉은 기운들이 공명하기 시작했다.

우우웅—.

그 강렬한 붉은 기운들은 하나의 회오리를 만들어 내더니 허공으로 점점 떠올랐고, 마침내 높은 단상으로 움직였다.

그런데 그때, 단상에서 알 수 없는 기이한 음성이 울려 퍼졌다.

"알라카룸바!"

콰아아—!

어둡던 장내를 환한 붉은 빛으로 가득 메울 정도로 강렬해진 빛의 회오리는, 단상에 서 있는 사내를 향해 빨려 들어가기 시작했다.

쏴아아-!

그리고 잠시 후.

사내의 뒤편에 마치 용의 형상을 한 어둠의 그림자가 스르륵 하고 나타났다.

크르르-.

낮지만 사나움을 담고 있는 포식자의 울음소리가 허공에 진하게 깔렸다.

그에 단상에 서 있던 사내가 천천히 몸을 돌렸다.

타는 듯이 붉은 홍안紅眼에 기다란 적발을 늘어뜨린 사내.

그가 용의 그림자를 향해 입을 열었다.

"침입자가 있단 말이지?"

크르릉- 크릉-.

그는 마치 용의 그림자와 대화를 나누는 듯했다.

"알겠다. 내 직접 마중해 보도록 하지, 후후."

남자의 입술이 살짝 비틀리며, 그 사이로 스산한 웃음소리가 흘러나왔다.

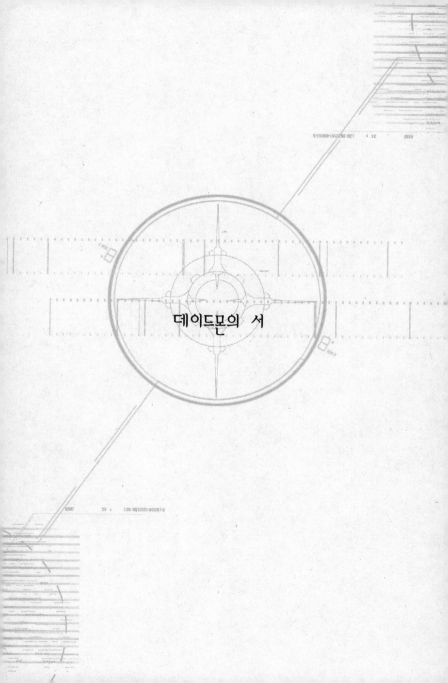

데이드몬의 서

Taming
Master

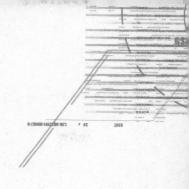

신전 내부는 바늘 떨어지는 소리라도 들릴 만큼, 무척이나 조용했다.

"이 안에 따로 젠 되는 마수는 없는 건가?"

"글쎄, 일단 여기가 던전이 아닌 건 확실해. 던전이었다면 분명 최초 발견 보상이 떴을 테지."

이안의 말에 훈이가 입을 삐죽거리며 말했다.

"이미 누가 방문한 던전일지도 모르잖아. 우리가 처음인지 아닐지 형이 어떻게 알아."

이안은 태연하게 대답했다.

"그야 간단해."

"응?"

"지금까지 마계에서, 내가 최초가 아닌 던전을 본 적이 없거든."

"……."

반박할 말이 떠오르지 않은 훈이는 고개를 절레절레 흔들었다.

과장이나 거짓을 말하는 것 같지도 않았기 때문이었다.

훈이는 먼저 앞으로 걸어 나갔고, 이안이 주변을 침착하게 살피며 그 뒤를 따라 걸었다.

'아직까지는 조용하지만, 여긴 어떤 미친 괴물이 나와도 이상하지 않은 곳이야.'

널따란 마계 20구역의 한복판에 이렇게 거대한 구조물이 '그냥' 존재할 리는 없었다.

훈이에게 필요한 '데이드몬의 서'라는 퀘스트 아이템을 그냥 들어가서 주워 나올 수 있을 리 만무한 것이다.

퀘스트를 받은 훈이조차도 데이드몬의 신전에 가야 한다는 정도만 알고 있을 뿐, 이 안에서 어떻게 신물을 찾아야 하는지는 알지 못했다.

그런데 그때, 머리 일행의 머리 위에서 커다란 소리가 웅웅거리며 울리기 시작했다.

─이것 참 신선하군. 이 신성한 데이드몬 님의 신전에 무려 '반마'가 발을 들이다니 말이야.

갑작스런 울림에, 이안 일행이 긴장하며 전투태세를 갖추

테이밍마스터

었다.

하지만 주변을 둘러보아도 목소리의 주인공은 찾을 수 없었다.

─이런, 이런. 그렇게 열심히 찾아봐도 날 찾을 수는 없을 텐데. 헛수고하지 말라고.

이안은 일단 의문의 목소리에 귀를 기울여 보기로 했다.

어쨌든 지금 유일한 단서는 저 칼칼한 목소리였으니까.

이안이 조심스레 입을 열었다.

"너는 누구지?"

이안의 물음에, 의문의 목소리가 다시 허공에 울려 퍼졌다.

─나는 데이드몬 님을 모시는 대신관 샤를론.

잠시 뜸을 들인 그 목소리가, 지금까지보다 더욱 또렷하게 일행의 귓전으로 파고들었다.

─나를 만나고 싶다면, 이 안으로 들어오도록 하라.

그 말이 끝나기가 무섭게, 일행의 정면 멀찍한 곳에 거대한 게이트 하나가 생성되었다.

위이잉─.

그것은 마계 구역을 이동할 때마다 지나는 게이트와 비슷한 생김새였다.

그리고 더 이상 의문의 목소리는 들려오지 않았다.

훈이가 조심스레 입을 열었다.

"함정 같은 건…… 아니겠지?"

이안이 피식 웃었다.

"함정이면, 안 들어갈 거야?"

"그건 아니지만……."

훈이가 말끝을 흐렸다.

대신관 샤를론이라는 녀석에 의해 생성된 저 의문의 게이트는 무척이나 께름칙한 기운을 풍겨 내고 있었던 것이다.

"어차피 다른 방법도 없잖아? 끽해야 죽기밖에 더 하겠어?"

이안은 대수롭지 않게 말을 하며 성큼성큼 앞으로 움직이기 시작했다.

그리고 잠자코 옆에 따라오는 중인 카카를 향해 물었다.

"카카, 넌 뭐 아는 거 없냐? 대신관이래. 마계 대신관은 등급이 뭐냐? 상급 마족은 아닐 거고, 노블레스? 마왕?"

그에 카카가 투덜거렸다.

"내가 무슨 정보 자판기라도 되냐, 주인아? 그렇게 띡 물어보면 바로 튀어나오게?"

"하지만 뭔가 아는 눈친데?"

카카가 질렸다는 표정을 지었다.

"……귀신같은 주인이다, 역시."

카카는 마계의 대신관이라는 직책에 대해 아는 것이 제법 있었다.

그리고 이것은 사실 카카만이 알고 있는 정보라고 할 수도 없었다.

아무 마족 NPC에게 물어봐도 대신관에 대해 모르는 이는 없을 것이었다.

"기본적으로 대신관은, 마계의 수많은 직책들 중에서도 최상위에 있는 직책이라고 할 수 있다."

이안뿐만 아니라 훈이와 카노엘도, 카카의 말을 귀 기울여 듣고 있었다.

곧 상대해야 할지도 모르는 적에 대한 정보였기 때문에, 더욱 귀에 쏙쏙 들어오는 듯했다.

"어떤 마신을 모시느냐에 따라 서열에서 조금 차이가 나기는 하지만, 기본적으로 대신관의 자리에 있는 마족이라면 못해도 서열 200위 안쪽에 들어가 있는 노블레스라고 할 수 있지."

얀쿤의 승급전을 겪은 뒤, 이안은 마계의 서열에 대해 제법 감을 잡은 상태였다.

'서열 200위라면, 확실히 강력한 마족이긴 하겠어. 노블레스 중에서도 100위 안에 드는 실력자라…….'

당시 얀쿤이 상대했던 노블레스만 하더라도, 충분히 강력한 힘을 가지고 있었다.

이안에게 빌린 아이템발로 힘겹게 이기기는 했지만, 랭크가 1천 등 정도에 턱걸이가 되어 있는 노블레스와 비교하면 월등히 강력한 무력을 보유하고 있었던 것이다.

하지만 그렇다고 해도, 이안이 상대했다면 손쉽게 이길 수 있었던 상대였다.

녀석보다 두 배 정도 강하다고 가정하더라도, 지금 전력이면 충분히 상대할 만할 것이다.

이안은 자신감이 좀 붙는 것을 느꼈다.

'그래, 승산은 충분히 있어.'

카카의 설명을 들으면서 일행은 게이트를 향해 점점 다가갔고, 기이한 기운을 내뿜고 있는 거대한 게이트가 시야 한가득 메워졌다.

그 앞에 멈춰 선 이안이 훈이와 카노엘을 향해 짧게 말했다.

"자, 바로 싸울 수 있게 준비 단단히 하고."

이안은 일행을 한번 둘러본 뒤, 게이트를 향해 한걸음 내디뎠다.

하지만 다음 순간, 그는 당황할 수밖에 없었다.

"뭐지? 왜 안 들어가지지?"

일반적인 게이트라면 기의 파동에 몸이 닿는 순간 다른 공간으로 넘어가져야 한다.

하지만 이 게이트에서는 이안의 몸이 그대로 기의 파동을 통과했을 뿐, 아무런 일도 일어나지 않은 것이다.

"뭐야? 왜 이런 거야? 뭐가 문제지?"

훈이도 당황해서 눈을 동그랗게 떴고, 카노엘 또한 의아한 표정이 되었다.

이런 경우는 모두가 처음 봤기 때문이었다.

그런데 그때, 갑자기 장내가 어두워지며 음산한 포식자의 울음소리가 허공 가득히 울려 퍼졌다.

캬아아오오-!

"오호, 여기가 혼돈의 도시인가?"

"그런 것 같습니다, 마틴 님. 규모가 정말 어마어마하군요."

증오의 도시보다도 더욱 거대하고 웅장한 규모의 대도시.

호왕 길드의 길드마스터 마틴은, 주변을 둘러보며 감탄하고 있었다.

"그나저나, 왜 최초 발견 보상이 뜨지 않는 거지?"

마틴의 물음에 그의 뒤를 따르던 길드원 하나가 조심스레 대답했다.

"혹시 다크루나 길드에서 먼저 혼돈의 도시를 밟은 게 아닐까요?"

마틴의 표정이 살짝 언짢아졌다.

"으음, 그럴 가능성도 배제할 순 없지. 50구역까지 이동하는 동안도 최초 발견 보상은 한 번도 뜨지 않았었으니……."

마틴 일행은, 길드 퀘스트를 수행 중인 호왕 길드의 정예 유저들이었다.

그들은 히든 길드 퀘스트를 수행하던 중에 마계 50구역에 숨겨져 있는 게이트의 존재를 알게 되었고, 덕분에 50구역에서 혼돈의 도시까지 한 번에 건너뛰어 내려올 수 있었던 것이다.

마틴이 입술을 잘근잘근 씹으며 속으로 중얼거렸다.

'여기도 최초 발견이 아니라니…… 이건 예상치 못했는데.'

혼돈의 도시는 무려 마계 30구역에 위치하는 곳.

50구역까지 뚫는 것도 만만치 않았는데, 이 30구역까지 누군가 벌써 뚫었다고는 생각지도 못했던 것이다.

"체이스, 그렇다면 누군가 여기까지 뚫었다는 얘기겠지?"

마틴의 말에, 체이스라 불린 유저가 잠시 생각하더니 대답했다.

"그건 아닐 것이라 봅니다, 마스터."

"흠?"

"그 누군가도 이곳으로 이동하는 어떤 숨겨진 게이트를 발견한 게 아닐까요? 정상적인 루트로 이곳까지 벌써 뚫어 낸 길드가 있을 것 같지는 않습니다. 단일 유저라면 더더욱 그렇고요."

"하긴, 그건 그렇지."

마틴은 선선히 고개를 끄덕이며 납득했다.

어쨌든 지금 마계 길드랭킹 1위는 호왕 길드였고, 가장 강력한 길드인 그들로서도 힘든 일을 누군가 먼저 해냈다고는 생각하기 힘들었던 것이다.

"자, 어쨌든 그건 되었고, 이제 여기까지 온 목적을 달성해야지."

"예, 마스터!"

마틴의 말이 끝나자, 호왕 길드의 길드원 몇몇이 빠르게 움직여 어디론가 사라졌다.

혼돈의 도시에 있는 '길드 관리 사무소'를 찾기 위함이었다.

마계 도시 내에서 길드 단위로 퀘스트를 수행하기 위해서는, 어떠한 퀘스트가 되었던 길드 관리 사무소를 먼저 찾아야 했다.

길드 관리 사무소를 관리하는 NPC를 통해야 퀘스트를 수월히 진행할 수 있을뿐더러, 추가 보상도 얻을 수 있기 때문이었다.

이것은 비단 마계에만 한정되는 것이 아니었다.

"이번 퀘스트만 성공적으로 마치면, 여기 혼돈의 도시에도 길드를 등록할 수 있겠지?"

마틴의 물음에 옆에 있던 체이스가 고개를 끄덕이며 대답했다.

"아마 그럴 겁니다, 마스터."

"32구역에 있는 세이플리의 둥지라고 했나?"

"그렇습니다, 마스터. 사무엘 진 님도 동행하셨으면 좋았을 텐데…….”

사무엘 진은 현재 호왕 길드의 부길드마스터로 있었지만, 사실상 마틴과 동등한 위치에서 길드를 운영하고 있었다.

그리고 함께 길드를 운영하는 과정에서 제법 친해져서, 이제는 마틴과 서로 호형호제하는 사이가 된 상태였다.

“사무엘은 어쩔 수 없지. 따로 할 일이 있으니까 말이야. 그나저나 쉽지는 않겠어. 32구역의 히든 던전이라…… 아마도 최상급 마수들이 득실거리는 곳이겠지.”

그리고 두 사람이 대화하는 동안, 길드 사무소를 찾으러 움직였던 길드원들 중 하나가 돌아왔다.

“마스터, 관리 사무소의 위치를 찾았습니다.”

마틴이 고개를 끄덕이며 대답했다.

“좋아, 빨리 찾았군. 안내하도록.”

“옙.”

길드원의 안내를 따라 일행은 일사불란하게 움직이기 시작했고, 그들은 곧 어렵지 않게 관리사무소 건물을 찾아낼 수 있었다.

끼이익ㅡ.

마틴은 능숙하게 문을 열고 들어가, 관리사무소의 주인을 찾아 움직이기 시작했다.

어느 도시건 길드 사무소의 구조는 비슷했고, 길드 마스터인 마틴에게는 당연히 익숙한 구조일 수밖에 없었다.

저벅저벅.

그렇게 2~3분 정도를 움직였을까.

마틴은 곧 관리사무소를 관리하는 책임자 NPC를 찾아낼 수 있었다.

마틴은 그의 외모를 아래위로 훑어보았다.

'진짜 무식하게 생겼군. 등에 매달고 있는 저 무기는 대체 뭐야? 도끼야, 대검이야? 저런 무식한 걸 휘두를 수 있다고?'

터질 듯한 근육들과 떡 벌어진 어깨.

무지막지한 외모를 가진 마족 NPC에게 살짝 위축된 마틴은, 그에게 조심스레 다가가 입을 열었다.

첫인상은 비호감이었으나, 퀘스트를 위해서는 NPC의 심기를 거스를 필요가 전혀 없었다.

"저, 혹시 이 관리소의 총책임자 되십니까?"

그에 마족의 시선이 천천히 움직여 마틴을 향했다.

그리고 그의 입이 천천히 열렸다.

"그렇다, 내가 바로 이곳의 책임자이자 릴리아나 님의 가신, 얀쿤이다."

주변이 온통 그림자로 들어찼다.

그리고 이안의 눈에 긴장감이 맴돌았다.

'뭐지? 이런 종류의 마수는 처음인데?'

보일 듯 보이지 않을 듯.

어두운 실루엣들이 넘실거리며 이안 일행의 주변에 어슬 렁거렸다.

그리고 그 모양 또한 다양했다.

크르르-.

신화 속 지옥의 수문장이라 알려진 케르베로스를 연상케 하는 머리가 세 개인 맹수도 있었으며, 본 드래곤의 형상을 한 거대한 드래곤도 있었다.

그리고 가장 섬뜩한 분위기를 풍기는 것은 거대한 낫을 거 머쥔 유령 같은 모습의 마수였다.

하지만 모든 몬스터들은 공통점을 하나 가지고 있었다.

'몸이 반투명한 게 유령도 아니고…….'

처음에는 몬스터들의 그림자인 줄 알았던 것들이 알고 보 니 전부 몬스터였던 것.

이안이 카카에게 낮은 목소리로 물었다.

"카카, 혹시 이런 마수들에 대해서도 알아?"

하지만 대답은 카카가 아닌 다른 곳에서 들려왔다.

"이건 마수가 아니야, 형."

"음……?"

목소리의 주인공은 바로 훈이었다.

훈이는 반짝반짝 빛나는 눈빛으로 주변을 맴도는 새카만 그림자들을 살펴보고 있었다.

"그럼 뭔데?"

"이건 어둠 소환술이야."

"......?"

"내가 데이드몬의 서를 찾으려고 하는 이유가 바로 이거지."

그런데 그때, 일행을 향해 정체를 알 수 없는 거대한 검 보랏빛의 불길이 세 갈래로 쏘아져 들어왔다.

그리고 불길 사이에는, 수십 개의 사람 머리통만 한 불덩이들이 빠르게 회전하고 있었다.

화르륵-!

하지만 내내 긴장하고 있던 이안이 그 타이밍을 놓칠 리 없었다.

"뿍뿍아, 물의 장막!"

"알겠뿍."

콰아아아-!

바닥으로부터 솟구치는 거대한 물의 장벽.

쏟아져 들어오던 불길은 뿍뿍이가 소환한 장벽에 막혀 그대로 소멸했다.

물의 장벽에 닿은 불덩이들이 치이익 소리를 내며 허공으로 증발했다.

이안의 눈빛이 날카로워졌다.

검보랏빛의 불길은, 그 위력이나 범위 면에서 봤을 때 분명 상대가 사용하는 기술 중 큰 기술일 것이었다.

큰 기술 중 하나가 빠졌을 때, 반격 타이밍을 잡고 들어가는 것이야말로 전투의 기본.

'이 기회에 반격해야…… 어?'

하지만 이안은 당황하고 말았다.

방금 불길을 쏘아 낸 그림자 용이, 그 사이 자취를 감췄기 때문이었다.

이안의 놀란 기색을 느낀 훈이가 짧게 설명했다.

"어둠 소환술로 소환된 소환수들은 암살자랑 비슷하다고 보면 돼, 형."

"암살자? 유저 클래스 말하는 거야?"

"응. 쟤들도 암살자처럼 은신 능력을 가지고 있어."

"흐음……."

이안은 더욱 집중해서 적들을 주시했다.

'원래 반투명한 몸체를 가지고 있는 건 줄 알았는데, 저 반투명해지는 게 은신하기 전 단계인가 보군.'

그리고 이안과 훈이가 대화하는 동안에, 하나둘 적들의 공격이 들어오기 시작했다.

저들도 아직 탐색전을 벌이는 건지 멀리서 투사체만을 쏘아 대고 있었지만, 그것조차 충분히 위협적이었다.

'쉐도우 드래곤, 소울 이터…….'

이안은 상대 몬스터들의 위에 떠 있는 이름을 차분히 훑었다.

역시나 처음 보는 이름들이었다.

'레벨들은 다행히 신전 바깥에 있는 몬스터들이랑 큰 차이가 안 나는데…….'

이안의 귓전에 다시 훈이의 목소리가 들려왔다.

"구석으로 몰아가서 광역기로 조져야 돼, 형. 우린 지금 디텍팅 마법이 없어."

이안이 시선을 돌려 훈이를 응시했다.

그리고 씨익 웃었다.

"디텍팅 마법이 없기는 왜 없어?"

이안의 어깨에 앉아 있던 카카가 슬금슬금 허공으로 날아올랐다.

"주인아, 지금 쓰면 되냐?"

"잠시, 내가 신호 주면 발동시켜."

"알겠다."

훈이는 이안과 카카가 무슨 대화를 하는지 이해되지는 않았지만, 일단 지켜보았다.

'저 형이 전투 중에 뻘 짓을 하는 형은 아니니까…….'

그리고 이안이 정령왕의 심판을 치켜들며 본격적으로 전투를 위해 움직이기 시작했다.

"훈이, 노엘이, 지금부터 10분간은 최대한 방어적으로 움직이자."

훈이가 툴툴대며 대답했다.

"어차피 공격적으로 할 수도 없어. 보이지도 않는데 어떻게 때려?"

훈이의 말을 무시하며 이안은 계속 말을 이었다.

"심연의 가호를 발동시킬 거야. 무슨 말인지는 알지? 그냥 최대한 맞아 준다 생각해. 난 저 은신이 어떤 식으로 발동하는지 우선 알아야겠어."

이안 일행은 일사불란하게 움직이기 시작했다.

그동안의 사냥으로 세 사람은 제법 호흡을 맞춘 상태였다.

특히 카노엘의 경우에는, 이안을 처음 만났을 때와는 비교도 되지 않을 정도로 성장한 모습이었다.

덕분에 셋으로 구성된 파티는 눈빛만 보아도 어떤 식으로 움직여야 할지 알 정도로, 제법 팀웍이 잘 맞는 파티가 될 수 있었다.

그리고 훈이와 카노엘은 이안이 심연의 가호를 이용한 방어 진영을 얘기한다는 것의 의미도 잘 알고 있었다.

광역 최강 힐에 가까운 심연의 가호가 발동되는 동안, 최대한 적들의 스킬을 다 뽑아 내며 그들의 밑천을 털겠다는 의미였다.

쾅— 콰콰쾅—!

이안은 일부러 더 도발적으로 움직였다.

그림자가 드러나는 족족, 망설이지 않고 공격을 퍼붓기 시작한 것이다.

크르르-! 크아아오!

그리고 당연한 얘기겠지만, 이안이 강하게 나오자 적들도 사납게 달려들기 시작했다.

이것이 바로 이안이 기다렸던 상황이었다.

쾅-!

-'쉐도우 드래곤'으로부터 치명적인 피해를 입었습니다.

-생명력이 172,639만큼 감소합니다.

-'소울 카이저'로부터 치명적인 피해를 입었습니다.

-생명력이 128,889만큼 감소합니다.

상태 창에는 파티원들의 생명력이 줄어든다는 메시지가 쉴 새 없이 떠오르며 지나가고 있었다.

그리고 이안은 모든 파티원의 생명력 게이지를 집중해서 보고 있었다.

'최대한 버틸 때까지 버틴 후, 심연의 가호를 발동시켜야 돼.'

만약 심연의 가호를 먼저 발동시키면 몬스터들이 고유 능력을 아끼려고 할 것이다.

물론 처음에야 사용하겠지만, 심연의 가호의 회복량을 확인하고 난 뒤에는 지속 시간이 끝날 때까지 공격을 멈출지도 모른다.

그것은 이안이 원하는 것이 아니었다.

'그래, 조금만 더……!'

저들이 일반 몬스터라면, 굳이 이렇게까지 할 필요가 없다.

일반 야생 몬스터들의 전투 지능에는 한계가 있기 때문.

하지만 누군가에 의해 컨트롤되는 몬스터들이라면 얘기가 다르다.

그리고 훈이의 말에 의하면 저들은 '어둠 소환수'라는 이름의 소환물들.

당연히 누군가에 의해 소환되었고, 그에 의해 움직여지는 몬스터들이라는 얘기였다.

"지금!"

이안의 말이 떨어지기가 무섭게, 뿍뿍이가 본체로 현신하며 크게 포효했다.

크롸롸롸-!

신화 등급의 드래곤이 뽐내는 어마어마한 위용에 옆에 있던 훈이는 아직도 적응이 안 되는지 움찔거렸다.

"아, 깜짝이야! 그렇게 갑자기 커지면 어떡해!"

그러나 훈이가 놀라든 말든, 뿍뿍이의 주변으로 푸른빛이 모이기 시작했다.

위위잉-.

이안이 가진 최강의 범위 회복 기술.

'심연의 가호'가 발동되기 시작한 것이다.

–소환수 뿍뿍이의 고유능력인 '심연의 가호'가 발동됩니다.

–생명력이 18,729만큼 회복됩니다.

–생명력이 18,729만큼 회복됩니다.

뿍뿍이의 심연의 가호의 장점은, 누적 힐량이 어마어마하다는 것이었다.

도트 힐이 지속 시간 동안 끝없이 밀려들어 오는데, 그 양이 어지간한 사제의 광역 힐이 가진 힐량보다 훨씬 높다.

하지만 대신 치명적인 단점이 있었다.

도트 힐이기 때문에, 한 방 대미지에 약한 것이다.

큰 파괴력을 가진 기술을 연달아 허용하면, 최대 생명력 자체가 낮은 파티원은 사망할 수도 있었다.

그때, 맹수들의 울음소리로 가득하던 적들의 사이로 낮고 굵직한 음성이 새어나왔다.

–마신 데이드몬 님의 이름으로 명하노니…….

이안의 두 눈이 살짝 가늘어졌다.

'뭐지? 이 소리는?'

그리고 잠시 두리번거린 끝에 소리가 나는 근원을 찾아낼 수 있었다.

'그림 리퍼? 저놈이 제일 위험해 보였는데…….'

거대한 낫을 등에 멘 채, 기이한 기운을 흘리기 시작한 그림리퍼.

이안은 순간 갈등했다.

지금 놈은 분명, 뭔지는 몰라도 고위 등급의 마법을 캐스팅 중인 게 분명했다.

하지만 지금 캐스팅을 멈추게 하기는 늦었고, 그렇다면 선택지는 하나뿐이었다.

'피해야 해.'

이안은 빠르게 파티를 쭉 훑어보았다.

캐스팅 시간이 얼마인지는 모르지만, 마법이 발동되기 전에 전부 다 피하는 것은 힘들 것 같았다.

"빡빡이, 귀룡의 포효!"

크아아앙-!

이안의 말이 떨어지자마자, 빡빡이가 머리를 높이 치켜들며 울부짖었다.

그러자 모든 공격이 빡빡이를 향해 쇄도했다.

그리고 곧바로 큰 소리로 외쳤다.

"모두 반대편으로 피해!"

"뭔데, 형?"

"일단 움직이라고!"

훈이와 카노엘은 정확한 상황을 판단하지는 못했지만, 이안의 외침대로 곧바로 움직였다.

하지만 빡빡이만은 정반대로 이동하기 시작했다.

이것은 이안의 의도였다.

빡빡이의 도발 스킬을 이용해 최대한 광역 마법의 궤도를 한쪽으로 가져오고, 나머지 파티원들을 반대편으로 움직인 것이다.

그리고 그 순간, 거대한 기의 폭풍이 일행의 반대편을 향해 몰아치기 시작했다.

즉, 빡빡이만 남은 자리로 몰아치기 시작한 것.

'그림리퍼'의 입에서 걸걸한 목소리의 마법 주문이 흘러나왔다.

-데스 프렐류드!

죽음의 전주곡이라는 말에 걸맞게, 어마어마한 위력을 가진 광역 스킬이 몰아쳤다.

이안이 순간적인 기지를 발휘했음에도 기술을 피할 시간은 충분치 못했다.

그렇기 때문에 이안은 핀이나 라이 같은 생명력이 낮은 개체 위주로 이동시켰고 그것은 성공적인 선택이었다.

콰콰콰콰-!

빡빡이나 뿍뿍이 등 어느 정도 탱킹력이 있는 소환수들은 죽음의 전주곡을 버텨 낼 수 있었던 것이었다.

물론 심연의 가호가 없었더라면 그것조차 불가능했을지도 모른다.

어쨌든 일행은 피해를 최소화시킬 수 있었다.

"형, 레이크는 소환 해제했어요."

"잘했어. 죽은 건 아니지?"

"그건 아니에요."

"빨리 잘 대처했네."

피해를 최소화시킨 이안 일행은, 다시 진형을 다잡고 전투를 이어 가기 시작했다.

그나마 다행인 것은, 아직 심연의 가호의 재사용 대기 시간이 남아 있어서, 파티 전체의 생명력을 거의 최대치까지 복구할 수 있었다는 점이었다.

이안의 입꼬리가 슬쩍 말려 올라갔다.

'이제 대충 알 것 같군.'

이안이 주먹을 불끈 쥐었다.

심연의 가호의 남은 지속 시간은 앞으로 30초 정도.

이제는 반격의 시간이었다.

"카카, 준비됐지?"

"물론이다."

"그럼 지금이야."

"알겠다."

더 하늘 높은 곳으로 떠오른 카카가 두 눈을 감더니 나직이 읊조렸다.

─어둠이…… 내려앉는다.

쿠우웅─.

그렇지 않아도 어두워져 있던 신전 내부가 더욱 짙은 어둠에 잠기기 시작했다.

    ─노예 '카카'의 '꿈꾸는 악마' 고유 능력이 발동되었습니다.

    ─'어둠의 지배'가 지속되는 동안 모든 파티원의 공격력이 5퍼센트만큼 상승하게 되며, 모든 어둠 속성 피해가 50퍼센트만큼 감소하게 됩니다. 또한 반경 안의 모든 은신 상태의 적이 시야에 드러나게 됩니다.

    어둠이, 또 다른 어둠을 집어삼켰다.

to be continued

가휼 퓨전 판타지 장편소설

아저씨 식당

찾았다, 기막힌 동네 맛집
아저씨 식당!
알고 보니 힐링물계의 미슐렝 스리 스타?

신을 베고 윤회의 운명에서 벗어난 이안
평범하게 살고자 식당을 오픈하다!
그런데 장사가 너무 안 된다?
이안은 결국 몬스터 고기로 특선 메뉴를 개발하는데……

엘프가 서빙하고 그랜드 마스터가 비질하며
드워프, 요정과 술 한잔하는 그곳!

특선 메뉴에 담긴 오감 만족 이야기!
그 잔잔한 감동에 오늘도 배가 부르다!

ROK MEDIA

무한 성장

김도훈 퓨전 신무협 장편소설

**악마의 제안이어도 상관없다
무림의 정상까지 나 혼자 레벨 업!**

암수에 내공을 잃은 악양백가 최고의 무재 백무혼
어느 날 정체를 알 수 없는 알림 음에 잠에서 깨어나다!

띠링! 무한 성장 시스템에 등록되었습니다.

되찾은 내공, 다시금 노리는 후계자의 꿈
아이템, 스킬, 몬스터, 던전!
현실과 가상이 혼재된 시스템을 이용해
금수저 경쟁자들을 차례차례 물리치는데……

조용한 무림에 치트 키 무인이 나타났다!

ROK MEDIA

꿈의 도약, 로크에서 하십시오
(주)로크미디어에서 신인 작가를 모십니다

즐거운 세상, 로크미디어는 꿈을 사랑하고 도전을 두려워하지 않는 작가 분들의 참신한 작품을 기다리고 있습니다. 21세기 장르 문학계를 이끌어 갈 차세대 선두 주자 (주)로크미디어에서 여러분의 나래를 활짝 펴 보시길 바랍니다.

모집 분야 판타지와 무협을 포함한 장르 문학
모집 대상 아마추어 작가, 인터넷 작가
모집 기한 수시 모집
    작품 접수 시 유의 사항
      1. 파일명은 작가명_작품명.hwp형식을 갖춰 주십시오.
      1. 파일에 들어갈 내용은 다음과 같습니다.
        — 성명(필명인 경우 실명을 밝혀 주세요), 연락처, 이메일 주소
        — 제목, 기획 의도
        — A4용지 1장 분량의 등장인물 소개
        — A4용지 2장 분량의 전체 줄거리
        — 본문
      1. 작품이 인터넷에 연재되고 있다면, 게시판명과 사이트의 구체적이고 정확한 주소를 기재해 주십시오.

선택된 작품은 정식 계약 후 출판물로 간행되어 전국 서점에 유통됩니다.
작가 분은 (주)로크미디어의 전폭적인 지원하에 전속 작가로 활동하시게 됩니다.
※ 자세한 내용은 로크미디어 홈페이지(rokmedia.com)를 참조하세요.

(03920)서울시 마포구 성암로 330 DMC첨단산업센터 3층 314호
(주)로크미디어 편집부 신간 기획 담당자 앞
전화 : 02 − 3273 − 5135
www.rokmedia.com   이메일 : rokmedia@empas.com